남은 건 볼품없지만

트리플

남은 건 볼품 없지만

3

TRIPLE

배기정 소설

차례

남은 건 볼품없지만

1

섞정. 몸을 섞다 생긴 정의 줄임말이었다. 후재
는 그 두 음절의 단어로 저와 내 사이를 정의 내렸다.

후재는 신장 180센티미터가 조금 안 되는 덩치
좋은 남자였다. 여기저기 발품을 많이 팔고 다녀서 그
런지 하체가 단단했다. 허벅지에서 엉덩이로 이어지는
부분엔 멋진 근육이 새겨져 있었다. 서른셋의 후재는
조금씩 아랫배가 나오기 시작했지만, 허벅지라고 불러
야 할지 엉덩이라고 불러야 할지 모호한 그 부분만큼은
처음 만난 3년 전과 변함이 없었다. 후재는 영화제작 팀
이었다. 고등학교 졸업 직후 바로 군대를 갔던 후재는

상병을 달 때쯤 저보다 열 살 많은 서른 살의 후임을 만났다. 그는 단편영화를 몇 편 찍고 감독님 소리 좀 들어본 그냥 영화감독 지망생이었다. 서른 살 후임은 후재에게 마틴 스콜세이지나 브라이언 드 팔마의 영화를 보여주며 지적 허영심을 심어주었다. 후재는 영화가 하고 싶어졌고, 야간대학 영화과에 입학했다. 그러다가 학교 선배 소개로 상업 영화 현장에 발을 들였다. 그때부터 승합차의 운전대를 잡았다. 배움은 없어 보여도 쾌활했던 후재는 이런저런 영화 현장에 잘도 불려 다니다가 제작부장까지 달았다. 후재를 만난 건 각색 작가로 참여했던 어느 영화의 뒤풀이에서였다. 말도 안 되게 밝은 코럴핑크색 머리. 튀고 싶어 안달 난 양아치인가 싶었는데 후재의 머리색에는 타당한 이유가 있었다. 후재는 초등학교 6학년 때부터 트랙터 운전을 해야 했던 농촌 출신이었다. 제 출신에 대해 이 사람 저 사람에게 자랑인 듯 떠벌리고 다녔지만 사실은 콤플렉스였다. 제대 후 홀로 서울살이를 시작했을 때부터는 줄곧 트렌디함을 잃지 않으려 했다. 코럴핑크는 차츰 색이 바래 노란빛이 돌았다. 검게 그을린 피부에는 금발이 더 어울렸다. 후재와는 영화 뒤풀이 날 만취했던 새벽 이후로 3년

간 몸을 섞었다. 3년 동안 별다른 균열도 없이 꾸준히
'섞정'을 쌓았다.

  지난봄, 후재는 나에게 신대방동의 어느 모텔에
가야 한다고 했다. 우리는 그때 몇 주 뒤면 크랭크인하
는 영화의 앞풀이 자리를 끝낸 뒤 신사동에 있었다. 나
는 집까지 가기가 귀찮아서 후재랑 자고 갈까 싶던 터
였지만, 신대방동에 가느니 혜화 집으로 가는 게 나았
다. 후재는 나를 설득했다. 신대방동의 모 모텔에 가면
나를 닮은 여자가 있다고 했다. 그 모텔의 302호에 그
림이 하나 걸려 있는데 그 그림 속 여자가 식겁할 정도
로 날 닮았다고. 좀처럼 몸이 달아오르지 않는 여자친
구를 겨우 붙잡아 모텔에 들어갔는데 '섞정'이 지켜보
고 있는 것 같아서 제대로 서질 않았다고. 후재는 취하
면 나를 "섞정아"라고 불렀다. 섞정아, 한 번만 가자. 너
한테 보여주고 싶어서 그래. 되게 작품 같은 그림이라
니까. 모텔 말구, 그래, 코끼리열차 타고 가는 거기……
코끼리열차라니. 비웃음과 함께 답을 알려줬다. 과천
현대미술관? 후재는 속없이 웃었다. 어, 그래. 맞아, 거
기. 그런 데 있어야 할 거 같은 그림이었어. 택시비는 후
재가 내기로 했다. 법카 쓰면 안 되겠지. 후재가 중얼거

렸다.

　　신대방동의 모텔에서 나는 나에게 남은 운이라는 게 존재한다는 것을 확인했다. 후재나 나나 서로의 옷이나 벗길 수 있을까 싶을 정도로 지쳐 있는 상태에서 들어간 모텔이었다. 하지만 그 모텔은 우리에게 302호를 내어주지 않았다. 후재는 무척이나 실망했다. 시무룩해진 후재를 다독이며 302호의 옆방, 303호로 들어갔다. 후재와 나는 서로의 몸을 지분대다가 관뒤버렸다. 후재는 잠이 들었고 시끄럽게 코를 골았다. 베개를 후재와 내 머리 사이에 세워두고 두꺼운 파티션을 갖다놓은 것처럼 상상했다. 잘되지 않았다. 방 안에 마련된 샤워 가운을 입고 남은 맥주를 마셨다. 개새끼야, 내가 이렇게 살려달라고 하잖아. 때리지 마. 살려달라고 새끼야. 여자의 새된 외침이 들렸다. 옆방 302호였다. 어딜 가나 저렇게 변태 행위를 즐기는 '섹정'이 존재했다. 서로를 때리고 할퀴고 조르고. 잠자긴 글렀다고 생각했다. 변태들과 코골이 사이에서 뜬눈으로 지새워야겠구나 각오를 했다. 그런데 302호의 상황이 예사롭지 않았다. 여자는 연이어 비명을 지르며 애원의 목소리를 내었고, 의당 들려야 했을 찰진 사운드는 들리지 않았다.

잠시 고민했다. 남은커녕 내 몸 하나 건사하기 버거워하는 내가, 어쩌면 변태 성행위를 즐기고 있을지도 모르는 이들을 간섭해야 하는 것인가. 나는 원래 그렇게까지 이타성이 발달한 인간이 아니지 않나. 아니다. 그래도 매달 2만 원을 인권운동단체에 기부하고 있는데, 그 단체가 지켜주고자 하는 많은 인권 중 하나가 여성 인권이 아닌가. 내가 사는 세상에는 불합리한 가해를 견디는, 혹은 견디다 사라지는 여성들이 얼마나 많은가. 생각이 거기까지 미치자 나는 샤워 가운을 추스르고 방을 나섰다. 망설이지 않고 302호의 문을 두드렸다. 만약에 저 안의 여자가 내가 도와줄 필요가 없는 상황이라면, 후재가 말했던 나 닮은 그림이나 재빨리 보고 나와야지라는 생각이 스쳤다.

노크를 몇 번 한 후에야 302호 안에서 응답이 들렸다. 뭐야, 씨발. 나는 대범하게 대응했다. 경찰입니다. 잠시 문 좀 열어주세요, 선생님. 302호의 선생님은 거칠게 문을 열었다. 내가 걱정했던 민망한 상황은 아니었다. 여자는 충분히 도움이 필요해 보였고, 302호 선생님은 역시나 맛이 가 있었다. 그는 돌연 나를 방 안으로 끌어당겼다. 문이 닫혔다. 내 손목을 쥔 302호 선생님. 그의 길고 마른 맨몸이 눈에 들어왔다. 그 몸에는 수분이라고는 하나도 없을 것 같았다. 콧물도, 눈물도, 침도, 피도, 땀도 존재하지 않을 것 같은 몸. 스무 살 여름, 봉긋한 패드가 장착된 내 가슴에 손을 얹던 중학생 남자애. 10층의 아빠 집까지 올라가던 엘리베이터 안. 그 애도 만지면 푸석거릴 것 같은 몸을 하고 있었다. 지나치게 말라서 만지면 부서질 것 같은. 쿠쿠다스 같은. 니년들 둘이 덤벼도 나 못 이겨. 쿠쿠다스 중학생이 자라나 302호 선생님이 된 거 같았다. 그 중학생 남자애는 알고 보니 아빠네 앞집에 사는 애였다. 아빠 말로는 아침마다 엄마와 포옹을 하고 등교하는 귀여운 애랬다. 아니다, 니네 둘이 싸워봐. 링 위라고 생각하고 침대 위에 올라가서. 여자가 속옷만 입은 몸을 부르르 떨었다. 그러면 이제 안 때릴 거야? 살려줄 거냐고. 선생님은 어울리지 않는 호탕한 웃음소리를 내었다. 여자는 대단히 큰 결심이라도 한 눈빛으로 침대 위에 올라갔다. 언니, 신고도 하지 말고 저항도 하지 마요. 기왕에 도와주려고 왔으면 저 새끼가 하자는 대로 해. 어쩐지 결연해 보이는 눈빛이었다. 엄마 생각이 났다. 엄마는 다 포기한 듯한 눈을 하고도 결코 포기하지 않았다. 신춘문예에

시가 당선된 후 15년 동안 아무런 일도 일어나지 않았
던 아빠한테 얻어맞은 건 그냥 맞아준 거였다. 엄마는
서두르지 않고 조용히 집 나갈 준비를 했다. 가능한 한
아빠에게서 먼 곳에 집을 얻고, 내 전학 수속을 밟고, 돈
이 될 만한 물건을 빼돌리고. 초등학생이었던 남동생과
고3이었던 나. 둘 중에 누굴 데려갈지 고민하긴 했다.
그러다 엄마는 남편의 단점만 닮은 듯한 딸이 불쌍해졌
다. 나는 그렇게 엄마에게 '간택'되었다. 엄마의 주도면
밀한 '출가'에 아빠는 싸울 의지를 보이지 않았다. 애나
가끔 보내라. 남매 사이를 갈라놓으면 쓰겠냐. 아빠는
묘하게 엄마 탓을 했다.

　　여자는 침대 위에서 두 주먹을 쥐고 어정쩡한
자세로 서 있었다. 혹시 이건 내가 걱정했던 민망한 상
황이 아닌가, 싶다가 정신 차렸다. 아니다. 302호 선생
님과 여자는 합의를 본 것이 아니다. 너도 올라가라고,
이년아. 선생님이 내 뺨을 쳤다. 그때 확실히 정신이 들
었다. 후재가 얘기했던 그림, 그 그림이 어딨나. 뺨을 맞
아 꺾인 고개를 들어 302호 방 안을 두리번거렸는데 그
림 따위는 없었다. 후재는 아랫도리가 무거운 편이 아
니었다. 후재가 제가 갔던 수많은 모텔 중에 신대방동

의 특정 모텔을 기억해냈다는 것부터 의심했어야 했다. 선생님이 나를 본격적으로 때리기 시작했다. 이거 맛 간 년 아니야? 아니, 맛 간 건 너야, 이 새끼야. 나도 선 생님의 머리채를 잡았다. 선생님은 머리채가 잡힌 채 로 나한테 발길질을 해댔다. 침대 위의 여자는 어정쩡 하게 복싱 자세를 유지한 채 서 있었다. 벨이 울렸다. 손 님, 쉬시는 데 죄송합니다. 선생님의 머리채를 잡고 있 던 손이 느슨해졌다. 그 틈을 놓치지 않고 선생님은 나 를 넘어뜨렸고, 그 위에 올라타 목을 조르려는데 문이 열렸다. 무표정한 얼굴의 남자 둘이 서 있었다. 무장한 경찰들이었다. 그들은 일명 발리송이라 불리는 지명수 배범을 찾고 있었다. 발리송은 발리송 나이프로 세 명 을 죽이고 두 명을 중태에 빠뜨린 채 도주 중이었다. 나 중에 찾아보니 발리송 나이프는 일종의 주머니칼로 맥 가이버칼과 비슷한 모양새였다. 그 작은 칼로 세 사람 을 잔인하게 보내버렸다. 그리고 올봄, 현존하는 칼잡 이 발리송(41세, 남)은 신대방동의 모텔에 숨어들었다. 그를 쫓던 경찰들은 모텔방 하나하나를 뒤졌는데 그러 다가 한 남자가 한 여자에게 올라타 목을 조르는 순간 을 목격했다. 칼잡이를 잡으러 왔다가 살인미수범과 맞닥뜨렸다. 내가 경찰이라면 신물이 날 것 같았다. 이 세상엔 왜 이리도 미친놈이 많은가. 신대방동 모텔 안에는 대체 몇 명의 미친놈이 처박혀 있는가. 발리송 그 새끼, 여기서 벌써 토긴 거 아냐? 경찰 중 하나가 선생님의 손목에 수갑을 채웠다. 아저씨, 좀 이따 봅시다. 아가씨들은 옷 좀 추스르고. 조서 쓰러 가야지. 경찰은 살인미수범한테는 존댓말을 쓰는데 나와 침대 위의 여자에게는 슬쩍 말을 놓았다. 그때 이 경찰 아저씨들아, 왜 함부로 말을 놓니, 라고 따졌어야 했을까. 내가 그걸 따져묻느라 경찰들을 조금이라도 더 붙잡아두었다면. 그랬다면 칼잡이 발리송은 별일 없이 모텔을 빠져나갔을까. 누군가의 목덜미에 발리송 나이프를 들이밀고 요란스레 인질극을 벌이지 않아도 됐을까. 모르겠다. 어찌됐든 발리송은 기어코 피를 봤을지도.

경찰들을 피해 신대방동 모텔에 들어온 발리송은 아무 방이나 들어가서 투숙객의 지갑을 훔쳤다. 더이상은 컵라면으로 끼니를 때우고 싶지 않았으니까. 코골이를 심하게 하며 자고 있던 지갑의 주인을 뒤로하고 문밖 상황을 살폈다. 한 남자가 서 있었다. 남자는 콘돔을 손에 들고 콧노래를 부르고 있었는데 그 모습이 왠지 어색해 보였다. 도주 생활에 지친 발리송은 성인 남자를 보면 무턱대고 사복 경찰로 의심했다. 대체 몇 명의 경찰 새끼들이 저를 쫓고 있는 것인지 두려웠다. 제가 훔친 지갑의 주인을 깨워 칼을 겨눴다. 모텔 밖에는 도주를 도와주기로 한 동료가 차를 대고 기다렸다. 냉철한 동료는 약속 시간을 어기면 단 1분도 지체하지 않겠다고 몇 번을 말했다. 발리송은 비몽사몽 팬티 바람의 인질을 데리고 방을 나갔다.

　복도에서 비명이 들렸다. 성인 남자의, 저음의, 목이 메인 듯한 비명이었다. 경찰 둘과 나, 복싱 자세를 풀고 침대 위에서 내려온 여자, 수갑을 찬 선생님. 다섯은 복도의 상황을 목격했다. 한 손에 콘돔을 든 풍채 좋은 남자, 그는 고물 바이크의 모터처럼 몸을 떨고 있었다. 불규칙한 리듬으로 덜덜덜. 내가 그 남자에게만 눈길을 주고 있을 때, 후재는 33년의 인생을 마감할 뻔한 칼끝과 마주하고 있었다. 섞정아……. 후재는 그 와중에도 술이 덜 깼는지 나를 섞정이라고 부르며 울상을 짓고 서 있었다. (겁에 질렸다기보다는, 울상이었다.) 그나마 다행인 건 발리송의 키가 후재보다 커서 발리송의 한쪽 손에 목이 감긴 채 붙잡혀 있는 후재의 꼴이, 앉아 있는

것도 서 있는 것도 아닌 어정쩡한 자세는 아니었다는
것. 두 다리를 제대로 펴고 서 있는 후재가 그렇게까지
모양 빠지는 인질은 아니었다는 것. '사나이는 가오 빼
면 시체'라는 철 지난 슬로건을 외치던 후재는 〈스카페
이스Scarface〉의 알 파치노를 동경했다. 1980년대의 알
파치노에게서는 후광이 보인다고 했다. 그때의 알 파치
노는 얼굴이 참 빤질빤질한 게 후광은 몰라도 낯빛에
기름기가 가득하긴 했다. 후재는 젊디젊었던 알 파치노
의 패기를 닮고 싶은 것 같았다. 서른 줄에 들어서면 같
이 성장해온 친구들에게서 패기 따위는 찾아볼 수 없게
되는 법. 그들에게 패기는 먹고살아가기 힘들게 만드는
치기에 불과하다는 것을 후재는 깨달았다. 아무리 스스
로 배움이 짧다고 인정하는 후재도 그 정도는 알았다.
후재는 제작부장을 달기 전까지 깽값으로 5백만 원 가
까이 써야 했다. 후재 말로는 먼저 시비 걸어오는 놈들
을 상대했을 뿐이랬다. 깽값은 좀 나왔지만 가오는 지
켰다고 자부했다. 후재는 싸움을 잘하긴 했다. 그래도
발리송 나이프를 목덜미에 들이댄 지명수배범에게 함
부로 덤빌 순 없었다. 후재는 스스로 배움이 짧다는 걸
인정하면서도 머리는 잘 굴렸다. 설마 이 새끼가 날 찌

르겠어? 인질은 살아 있어야 유효한 거지. 영화에서도 인질을 죽인 범인은 다 뒈지잖아. 지가 지를 죽이든가, 총을 맞아 뒈지든가. 설마 이 새끼 머릿속에 나를 죽이고 지도 죽는 계획이 있진 않을 거야. 그렇게 모두가 불행해지는 멍청한 판단을 할 리 없어. 지도 살고 싶음 현명하게 굴겠지. 후재가 자기 목을 나이프로 겨누고 있는 발리송이 이미 다섯 명의 급소를 몇 차례씩 찌르다 못해 후벼 파낸 악질이라는 것을 아는 편이 나았을까. 그랬다면 체념하고 나도 죽고 너도 죽자, 라는 마음으로 발리송에게 덤벼보기라도 했을까. 애초에 현명한 사람이라면 이 사람 저 사람 나이프로 찔러대고 다니지는 않았을 텐데.

후재는 수술 경과가 좋았음에도 좀처럼 깨어나지 못했다. 발리송에게 찔린 곳은 총 세 군데. 목덜미 부분은 간신히 급소를 피해 갔고, 어깻죽지 한 번과 옆구리 한 번. 친절한 한의사가 침을 꽂기 전 위에서부터 차례차례 짚어가며 아픈 곳을 묻듯, 발리송은 후재의 오른쪽 상체를 그렇게 짚어가듯 찔렀다. 그런데 의외로 그 세 군데의 상처는 잘 아물었다. 저도 김후재 님이 왜 깨어나지 않는지 모르겠네요. 전문의가 진짜 모르겠다

는 얼굴로 그리 말해서 나도 그런가 보다 할 수밖에 없
었다. 머리에 난 상처 때문인가……. 거기도 거의 아물
었는데 정말 이상하네요. 그렇다고 퇴원할 수도 없고
어떡하죠, 보호자분. 나는 보호자도 뭣도 아니었고 후
재의 여자친구를 피해 간신히 두어 번 면회를 갔을 뿐
이었다.

　　후재는 마지막으로 옆구리를 찔렸을 때 옆으로
고꾸라지면서 벽에 부딪혔다. 후재와의 충돌을 견디지
못한 벽이 제 몸을 붙들고 있던 액자를 놓쳐버렸다. 액
자는 그대로 후재의 정수리로 떨어졌다. 그 모습까지
지켜본 발리송은 돌연 몸을 돌려 도망쳤다. 경찰들이
그 뒤를 쫓았지만 발리송은 창문을 통해 3층에서 뛰어
내렸다. 그리고 멋지게 착지. 와이어를 달고 허공을 나
는 배우를 보고 넋을 잃던 후재였는데, 그 스펙터클한
광경을 놓치고 모텔 바닥에 쓰러져 있었다. 찔린 곳이
세 곳이라 어디부터 지혈해야 할지 난감했다. 그래도
제일 위험한 건 목이겠거니 싶었다. 나는 입고 있던 샤
워 가운의 아랫자락을 후재의 목덜미에 가져갔다. 후재
옆에는 후재에게 마지막 타격을 가한 액자가 떨어져 있
었다. 아이고, 후재야. 니가 찾던 그림 여기 있다. 나도

모르게 중얼거렸다. 마른 몸에 가슴도 없고 아랫배가 살짝 나온, 초점 없이 큰 눈. 액자 속 벗은 몸의 여자는 나를 닮아 있었다. 근데 이 여자 못생겼어, 자식아. 수갑을 찬 302호 선생님은 후재 대신 넋을 잃고 발리송이 막 뛰어내린 창문을 쳐다보고 있었다. 경찰들은 뒤따라 뛰어내리지는 못하고 계단으로 내려갔다. 이미 천 보쯤은 늦었다는 걸 아는, 경보 수준의 달리기. 302호 여자는 방에서 수건을 가져와 후재의 어깻죽지와 옆구리를 막아주었다.

302호 여자와 나는 경찰서에 나란히 앉아 있었다. 내 경우는 후재의 측근이었으니 일단 발리송 사건의 참고인으로, 302호 여자는 폭력의 피해자로. 나는 내 담당 형사를 기다리며 옆자리에 끼어들어 한몫을 하고자 했다. 이타심이 깊은 사람은 되지 못할지라도 기왕에 도와주기로 한 거 제대로 하고 싶었다. 살려달라는 소리가 들려서 제가 들어갔거든요. 네? 아니, 형사님. 남녀가 모텔에 들어가면 뭘 하겠어요? 보통은 피곤해서 자든가, 합의하에 뭔가 하든가 둘 중 하나죠. 대개 합의하에 뭔갈 하는데…… 그 뭔가가 폭력은 아니잖아요. 아니요, 아니. 제 말은, 남다른 취향 같은 거 말구요. 맞으면 기분 좋아지구 그런 거 아니구요. 그러니까 제가 그 방 안에 안 들어갔으면 형사님들은 살인미수범이 아니라 살인범을 잡았을 수도 있죠. 아, 이건 너무 갔나. 어쨌든, 지명수배범 놓치고 살인미수범이라도 잡았네요. 사실 그렇게 입바른 소리를 해댈 수 있었던 건, 구급차에 실려 가던 후재가 나한테 멀쩡하게 주절댔기 때문이었다. 석정아, 나 영화배우 된 거 같아. 후재가 그런 소리를 해대는 바람에 난 후재가 죽긴 글렀구나 싶었다.

화장실에 갔던 내 담당 형사가 돌아왔다. 가만 보자. 이름이 뭐랬죠? 김석정 씨? 나는 형사의 얼굴을 빤히 쳐다보았다. 아닌데요, 제 이름. 아니, 아까 남자친구분이 그렇게 부르던데. 사실 남자친구도 아니에요. 그럼 왜 모텔엔 같이 갔습니까? 갈 만하니까 갔죠. 뭐요? 허, 참…… 알겠어요, 그러면 왜 김후재 씨랑 같이 303호에 있지 않고 302호에 있었던 겁니까? 그러니까 그 얘길 옆쪽에도 하고 있었던 참인데요. 그 얘길 다시 나한테 해주면 되겠네, 이름부터 말하고. 왜 반말해요? 반말은 무슨, 말하다 보니까……. 말끝 흐리는 것도 반말이에요. 말끝 흐리지 마세요. 이봐요, 김석정 씨. 아니지, 참. 당신 진짜 운 좋은 거 알아요? 303호에 있었으면 발리송 그 새끼가 김석정 씨…… 아니, 당신을 인질로 잡았을 수도 있었다고. 여자를 인질로 잡는 편이 훨씬 유리하니까. 형사는 내가 운이 좋았다는 얘기를 참 재수 없게 했고, 분하게도 그 말에 움찔했다. 내가 또 운이 좋아버렸구나. 몇 년째 궁상떨고 살아서 세상 모든 운들이 나를 피해 가나, 역시나 나에게 남은 운이란 건 없는 건가 싶었는데. 302호의 비명이 나를 살렸구나. 형사의 말을 인정해버렸다. 그렇지만 '김석정'이라는 풀네임은 대체 어디서 만들어진 건지 의문이 들었다. 내가 운이 좋았던 탓에 칼빵을 세 대, 액자빵을 한 대 맞은 후재가 그 와중에도 계속해서 석정아, 석정아 중얼거리긴 했었는데.

후재의 여자친구(25세)가 울었다. 타이밍 좋게 피해 간다고 생각했던 그를 세 번째 면회 때 마주쳐버렸다. 공항에 가기 전 후재의 얼굴을 보고 싶었다. 후재는 사건이 일어난 후로 한 달째 깨어나지 못하고 자리를 보전하고 있었다. 전문의는 이제 후재보다 교통사고로 다리 하나가 부러진 환자를 더 살피는 듯했다. 깊은 잠에 빠졌다고 생각하시면 마음이 편해요. 위로라고 한다는 말이 거북할 따름이었다. 나와 후재의 여자친구, 우리 두 사람을 몇 번씩 번갈아 쳐다보는 그 시선에는 화가 치밀었다. 저기서 한마디만 더 하면 참지 않을 작정이었지만, 전문의는 다행히도 궁금증을 삼켰다. 주책맞게 나에게 아는 척을 해오지도 않았다. 그저 예의 무기력한 표정으로 맥박을 체크한 후 형식적으로 고개를 까닥하고는 사라졌다. 후재의 여자친구는 연신 훌쩍대며 말했다. 연락이 없길래. 전화하니까 오빠네 어머니가 받으시잖아요. 이럴 줄 알았으면 싸우지 말걸. '이럴 줄 알았으면 싸우지 말걸.' 외모는 준수한데 연기력은 좀 모자란 탤런트가 아침드라마에서 치는 대사 같았지만, 어린 나이가 고스란히 느껴져서 귀엽기도 했다. 걔랑은 주로 맛있는 거 먹으러 다녀. 통금이 있거든. 후재의 심드렁한, 그러나 툴툴대던 말투가 떠올랐다. 너에겐 넘치도록 사랑스러운 애인이야. 전문의 말마따나 곤히 자고 있는 듯한 후재에게 말하고 싶었다. 눈물을 보이는 후재의 어린 여자친구를 보고 있자니 후재가 운이 아주 나쁜 것 같지는 않았다. 후재는 괜찮은 여자만 골라 사귀었다. 자기는 알 파치노 꼬붕처럼 굴면서 착하고, 어리고, 이목구비가 반짝이는 그런 여자애들을 잘

도 만났다. 그래도 교제 운 하나는 좋은 편이었다. 더럽
게 재수도 없이 모텔에서 칼을 맞았지만 수술 경과는
좋으니 돌연 깨어날지도 모를 일이었다. 깨어나면 섬정
아, 나 형사 영화 찍은 거 같아, 그런 소리를 해댈 수도
있었다. 칼빵 맞고 쓰러질 때 얼마나 그윽한 눈빛이었
는지 물어볼지도 몰랐다. 그렇게 들떠서 여자친구에게
오빠가 말이야, 로 시작하는 무용담을 늘어놓을 수도.
물론 사고 당일 모텔에서 누구와 있었고 무얼 했는지는
이런저런 살을 붙이겠지만. 근데 후재야, 너 발리송한
테 주먹질 한번 못 해보고 쓰러졌잖아. 그거 니 슬로건
에 위배되는 거 아니야? 사나이는 가오 빼면 시체. 멀리
미국에서 알 파치노 형님이 혀를 차고 있겠다, 야.

2

　　그 공항은 변함이 없었다. 비행기에서 내리면
코앞이 입국심사대였다. 그 뒤로 계단 몇 개를 내려가
면 맡겨두었던 짐을 찾을 수 있었다. 공항 밖으로 나가
기까지의 동선이 짧아 기분이 묘했다. 타국에 왔음을

느끼는 건 낯설고 복잡한 공항에서부터 시작되는 건데. 그래도 있을 건 다 있었다. 웬만한 식당보다 나은, 먹거리가 즐비한 편의점. 지역 특산물인 소고기로 만든 패티가 들어간 햄버거를 파는 카페. 작지만 알찬 면세점. 없으면 섭섭할 등산복과 골프웨어를 적당히 섞어 입은 중년의 패키지여행 팀까지. 국내선만 운항하던 것을, 2층 건물에 한 층을 더 올려 국제선을 취항한 지 7년째였다. 취항이라고 해봤자 두세 시간 거리인 이웃나라의 도시 몇 개뿐이었다. 그 도시들 안에 서울이 있었다. 하루에 단 두 편만이 서울을 오갔다. 정오쯤 서울을 출발해 오후 2시경이면 그 공항에 도착했다. 그 비행기는 다시 사람들을 싣고 서울로 향했다. 처음 워킹홀리데이를 가기로 결심하고 서울을 떠나 그 공항에 도착했을 때는 대전쯤 온 기분이었다. 한 시간 50분의 비행시간, 착륙 후 30분이면 빠져나오는 공항의 동선. 내 예산을 보고 도시가 아닌 한적한 시골 동네를 추천해준 유학원 직원의 말을 떠올렸다. 아마 공항에 도착하면 당황 좀 하실 거예요, 지나치게 합리적인 공항이라. 짐 찾으면 바로 뛰어나가서 앞에 서 있는 버스를 타세요. 그거 타면 시내까지 우리 돈 5천 원이면 가는데 놓치면 다섯 배 정도 주고 택시 타야 하거든요. 들어가는 버스가 하루 한 대예요. 그래도 서울발 비행기 맞춰서 대기시켜놓는 게 기특하잖아요. 버스는 5년 전과 변함없이 푸르고 지루한 논밭을 끼고 달렸다. 언젠가 내 워킹홀리데이 시절을 궁금해하던 후재에게 공항에서 나오자마자 보이는 게 논밭, 논밭, 논밭이라고 말해줬더니 진절머리를 쳤었다. 열세 살 때부터 아버지한테 욕 들어가며 트랙터를 몰던 기억이 떠올랐는지도 몰랐다. 그딴 촌 동네가 무슨 외국이냐? 그랬음에도 후재는 나를 다시 5년 전 그곳으로 밀어넣었다.

후재는 술이 많이 들어간 날이면, 우리가 무슨 얘기를 나눴는지 대부분을 기억하지 못했다. 그것이 내가 후재에게 주절거리는 이유였다. 어쩔 때는 나하고 같이 술을 마셨다는 상황만 기억할 때도 있었다. 내가 누굴 죽였다는 고백을 해도 높은 확률로 기억 못 할 터였다. 한번은 5년 전의 타국살이에 대해 조서 작성하듯 자세히도 떠들어댔던 적이 있었다. 워낙에 방대한 이야기이기도 했지만 어쨌든 다음 날 모텔에서 일어난 후재는 단 하나의 에피소드도 기억하지 못했다. 너 여자친구한테는 그러면 안 돼. 뭐가? 여자친구가 한 얘기 기억 못 하고 그러면 차인다. 걔는 나한테 얘길 안 해. 그럼 뭐 하는데? 걔랑은 주로 맛있는 거 먹으러 다녀. 통금이 있거든. 걔는 술도 안 먹어. 술 안 먹으니까 별 얘기도 안 하고. 내가 하는 건 별 얘기고? 별 얘길 했으니까 꼭 담 날 기억나냐고 묻는 거잖아. 이 새끼, 생각보다 똑똑 하네. 말 좀 곱게 써. 니가 좋아하는 알 파치노가 〈스카 페이스〉에서 몇 번이나 'Fuck'을 외치는 줄 알아? 몰라, 영어 못 알아들어서. 야, 너 〈스카페이스〉 열 번 봤다며. 그래도 영어는 하나도 안 들려. 자랑이다, 멍충아.

　　신대방동 모텔에 들어가기 전에 후재는 모텔 앞에서 담배를 피우자고 했다. 그 담배 때문에 후재가 각성했는지도 몰랐다. 반쯤 감긴 눈으로 어눌하게 말했다. 나는 니가 거기 한번 가봤음 좋겠어. 그때만 해도 나는 나 닮은 여자를 보러 모텔에 가자는 소린 줄 알았다. 얘가 취해서 지가 말하던 신대방동 모텔 앞에 서 있는 것도 모르는구나 싶었다. 지금 왔잖아, 담배 끄고 빨리 들어가 그럼. 후재는 아예 눈을 감고 말하기 시작했다. 걔도 운 좋게 살았을 수도 있잖아. 니가 걔 죽는 거 봤어? 넌 가끔 너무 섣부르게 판단해. 뭐, 그래놓고 당황하는 게 귀엽긴 한데. 후재는 태우다 만 담배를 떨어뜨렸다. 몇 년 전 담뱃값이 올랐을 때부터 담배가 손가락 한 마디 정도로 짧아질 때까지 기를 쓰고 물고 있던 후재였다. 역시 후재는 취한 게 맞았다. 취한 건 맞는데, 돌연 기억이 돌아온 것뿐이었다. 둘이서 소주 네 병 반을 나눠 마신 날 내가 했던 얘기를 후재는 몇 개월 후 신대방동의 모텔 앞에서 기억해냈다. 비행기 타고 두 시간이면 가는데 그냥 가봐라, 좀. 가서 걔가 살아 있으면 걔랑 한 번 더 해. 아니, 두 번은 하고 와야지. 졸라 멋진 사내가 되어 있을지 모르잖아. 야, 내가 지금 표 끊어줄게. 후재는 돌연 눈을 동그랗게 뜨고 핸드폰을 꺼내 항공사 앱을 눌렀다. 나는 그런 후재에게 입을 맞췄다. 아, 얘 다 기억하고 있었어.

　　두 번째 면회 후 병원 복도를 걸으며, 후재가 깨어날 때까지 이제 면회는 그만 가야지, 라고 생각했던 순간. 아이폰 화면에 알림 메시지가 떴다. '20××. 3. 24.11:00 인천발…… 3일 전입니다.' 후재는 그 취한 와중에도 기어코 예매를 해냈다.

　　재수 없게도 글 쓰는 재주를 닮아서…… 뭐 해먹고살지 나한테 묻지나 말아라. 대학교 졸업식 날. 설렁탕과 오징어순대를 사주던 엄마. 닮으려면 니 아빠 잘난 상판이나 닮지. 뭐, 그래도 졸업한 건 장한 일이 다. 서울 변두리 대학의 국문과를 나와 무얼 해 먹고살 지 고민이 되긴 했다. 입학할 때부터 졸업 전까지 등단 하지 못하면 소설가는 관두자는 마음이었다. 오로지 등 단을 목표로 하며 주변 사람들은 물론이고 나 자신에게 까지 무책임한 인생을 살고 싶지 않았다. 너는 재주는 있는데 열정이 없어. 글 쓰는 거 별로 재미없지? 아빠가 선배랍시고 충고해주는 게 싫었다. 아빠는 신인상이 아 니라 노력상 받은 거네. 다 늙도록 포기를 모르니까 격 려차 주는 노력상. 근데 나는 노력상은 싫어. 패전 군인 한테 주는 초콜릿 같아서. 옆에서 깍두기를 집던 엄마 가 실실 웃었다. 엄마는 깍두기를 아빠의 숟가락 위에 얹어주었다. 나불대는 재주도 똑 닮은 게 소름 끼치지, 당신? 먹고살 길은 의외로 금방 찾았다. 입시 학원에서 논술 강사를 하던 중에 선배 언니로부터 연락을 받았 다. 그는 일찌감치 등단을 때려치우고 시나리오 작가로 일하고 있었다. 너 영화 좋아했지? 가끔 시나리오도 쓰 고 그랬잖아. 에이, 언니 그거 재미로 몇 번 끄적인 거 죠. 아니야, 내 기억엔 너 소설보다 시나리오 쪽이었어.

그때 영화과 수업 같이 들었을 때 교수가 너 맘에 들어 했잖아. 글 잘 쓴다고. 아, 그거요. 그건 언제 한번 다 같이 술 먹었잖아요. 그때 내가 입바른 소리 좀 했거든. 그 뒤부터 괜히 내 눈치 보느라……. 남자들이 그렇잖아요, 강하게 나가면 쫄구. 야, 됐구. 너 각색 작가 한번 해 봐. 뭔 작가요? 요즘 좀 잘나가는 감독인데, 그 밑에서 책 좀 고쳐줘. 뭔 고집인지 초짜 작가 찾는대. 내가 하려다가 기성 작가들은 신선함이 떨어지네 어쩌네 하면서 말이 많드라. 잘나가는 감독님은 정말 말이 많았다. 당최 알아들을 수 없는 말이 대부분이었지만. 감독님, 그렇게 현학적으로 표현 안 하셔도 되는데. 그냥 대놓고 말하셔도 저 상처 안 받고 잘 쓸 수 있어요. 감독은 나를 빤히 쳐다보았다. 스물네 살의 어리고 경력 없는 여자애쯤은 홀랑 넘어오게 하고도 남을 현학적인 눈빛이었다. 그 눈빛은 나에게 충분히 매력적이었지만 결정적으로 내가 혹하지 않은 이유는 그의 나이와 직업 때문이었다. 예술 하는 아저씨(45세, 남). 자연스럽게 아빠가 떠올랐다. 나는 그 감독 밑에서 8개월 정도 버티다가 나보다 더 어리고, 귀엽고, 예술 하는 아저씨를 좋아하는 다른 작가에게 밀렸다. 그 후 스물다섯이 되던 해 워킹홀리데이를 떠났다. 모아둔 돈이 5백뿐이라 선택지는 자연스럽게 좁혀졌다.

한국말로 풀어 읽으면 '자하'라는 이름의 동네였다. 시골 온천 마을의 고즈넉함을 기대해도 좋다던 유학원 직원의 말과는 달리 자하의 공기는 어수선했다. 우리나라로 치자면 '읍장'이 몇 개월 전 급사를 하는 바람에 부랴부랴 보궐선거를 치른 뒤였다. 원래 그 시골 동네에 온천을 하러 오는 이들은 깃발 들고 떼를 지어 오는 중년뿐이었다. 고인이 된 전 읍장이 싼값의 패키지여행 상품을 만들어놓은 덕분이었다. 새로 당선된 젊은 읍장은 안 그래도 고령화된 동네에 가끔 오가는 관광객들마저, 기차 타고 오는 국내 여행객들부터 비행기 타고 오는 외국인들까지 죄다 어르신인 것이 불만이었다. 그는 재빨리 '자하 워킹홀리데이 프로젝트'를 추진하기 시작했다. '자하는 물가가 쌉니다. 인심은 후합니다.' 읍장이 직접 만들었다던 이 문구에 나같이 (가난한) 외국인 청년 여럿이 혹했을 터였다. 유학원 직원은 물가도 싸고 인심도 후한데 시급은 서울의 두 배라며 적극 권유했다. 나는 자하에 도착하자마자 동네에서 제일 큰 마트에서 캐셔로 일했다. 실제로 받은 시급은 서울의 1.7배 정도였다. 시간당 8천 5백 원을 받는 셈이었다. 당시 서울의 최저 시급은 5천 원이 못 되었다. 서울과 비슷한 물가이면서도 시급이 서울의 1.7배라는 것. 타국살이를 경험해보기에는 좋은 조건이었다. 일을 하며 누가 봐도 급조된 티가 확 나는 어학원도 잠깐 다녔다. 실은 학원이라 부르기도 민망했다. 동네에 있는 물류 회사의 남는 방 서너 개를 빌려 책걸상을 들여놓은 정도였다. 그래도 레벨별로 반을 나누는 체계 정도는 잡혀 있었다. 나는 서울에서 더듬더듬이나마 글자는 읽을 수 있게 배워 갔던 터라 기초 2반에 들어갔다. 마트에 오는 손님들의 말을 눈치 반 듣기 반으로 이해할 수 있게 되었을 무렵 찰스를 만났다. 찰스는 읽기로 치면 제일 아래의 클래스에 가야 할 실력인데 회화는 제법 할 줄 알아서 기초 2반에 오게 되었다. 자기소개를 하는데 서울깍쟁이처럼 말간 얼굴을 하고서는 닉네임이 찰스니까 그렇게 부르라고 했다. 그때 기초 2반에 앉아 있던 나와 중국 애들 셋은 뭐 어쩌라고, 라는 표정으로 찰스를 바라보았다. 알고 보니 찰스는 결혼한 누나가 사는 호주에서 반년 정도 체류를 했던 모양이었다. 본명이 박철승인데, 호주 애들이 철승을 자꾸 처르스라고 불렀

고 그게 찰스로 굳어졌다고 했다. 나는 중국 애들 아니
면 한국 애들뿐인 어학원에서 굳이 친구를 만들지 않았
다. 그럴 시간에 마트에서 일을 하는 게 남는 거라는 생
각을 했다. 일주일에 40시간을 꽉 채워 일하며 돈 모으
는 재미에 살았다. 찰스는 내가 일하는 마트에 자주 장
을 보러 왔다. 주로 프리미엄이 붙은 비싼 맥주나 베이
컨 같은 걸 사 갔다. 어학원에서 젊은 여자 선생님들이
속닥이는 걸 들은 적이 있었다. 기초 2반에 한국인 남자
가 새로 들어왔다, 잘생겼다, 스물여덟 살이다, 한국에
선 뮤지션이었다더라, 한국인 남자친구는 어떨까, 오늘
회식에 오라고 할까. 계산을 하며 앞에 서 있는 찰스의
얼굴을 힐끔댔다. 여기 나이로 스물여덟이면 한국에서
는 서른. 나하고는 다섯 살 차. 아저씨구만. 뮤지션? 저
말간 얼굴로 현학적인 가사나 읊으며 여자 꽤나 만났겠
지. 이따 밤에 같이 담배 피울래요? 술 먹자, 밥 먹자 그
런 말들 하다가 지루하니까 저런 대사를 다 읊나 싶었
다. 그쪽 건너편 집에 살아요, 나. 흰색 페인트칠한 목조
건물…… 거기 살죠? 난 그 앞 맨션 사는데. 밤에 나와
서 담배 피우는 거 몇 번 봤어요. 예술 하는 아저씨들은
싫었다. 등단 후 엄마 때리는 거 말고는 하는 일이 없었

던 아빠, 변태 현학자 같던 영화감독. 나는 찰스를 빤히 보며 예술 하는 아저씨 주제에, 라고 속으로 비웃었다. 캔 맥주도 한잔해요, 그럼. 그저 찰스가 계산대에 올려 놓은 다른 맥주보다 두 배는 비싼, 프리미엄 딱지가 붙은 그 캔 맥주의 맛이 궁금했다.

찰스는 말하자면 작곡가였다. 그렇지만 내가 이런 곡 만들었소, 라고 말할 입장은 못 되었다. 작가로 치면 유령작가였다. 찰스의 대표작은 몇 해 전 잠깐 유행했던 록발라드의 후렴구, 어느 망한 아이돌의 데뷔곡 도입부 등이었다. 찰스는 단 한 번도 노래 전체를 작곡해본 적이 없었다. 잘나가는 작곡가들이 찰스에게서 몇 마디 멜로디만을 돈 몇십에 사 갈 뿐이었다. 운 좋으면 몇백을 받을 때도 있었지만. 내 노랜데 내 노래가 아닌 기분 알아요? 내가 살던 목조건물 근처, 음료자판기 옆 벤치에 앉아 담배를 피웠다. 내 글인데 내 글이 아닌 기분은 알죠. 논술학원에서 애들 글을 첨삭하다 보니 아예 정답을 만들어주고 있었다는 것, 내가 만든 정답을 달달 외워 입시에 성공한 애가 몇 있는데 지들이 잘난 덕인 줄 안다는 것, 현학적인 감독의 말을 애써 해석해서 써낸 시나리오, 그 시나리오가 영화화됐는데 내가

쓴 대사가 영화 속 명대사로 회자되고 있다는 것. 크레
딧에 나는 없었다는 것. 그 얘기들을 다 했을 때 찰스가
가만히 내 한쪽 손을 잡았다.

　　　나는 오직 월세가 싸다는 이유만으로 들어갔던
좁고 습한 목조 원룸에서 나와 찰스의 맨션으로 옮겼
다. 찰스는 한국에서는 서울 구기동에 살았다. 제 말로
는 본가가 돈이 많다고 하기엔 뭐한 수준의 중산층이랬
다. 찰스는 워킹홀리데이 비자가 아니었다. 유학 비자
로 와 자하에서 제일 좋은 맨션에서 살고 있었다. 맨션
은 방이 두 개, 거실 하나. 내가 살았던 원룸과는 다르게
욕실과 화장실이 분리되어 있었다. 찰스는 나와 함께
살기 시작한 이후로 어학원 사람들과의 술자리에 나가
지 않았다. 나를 꼭 제 스쿠터 뒷좌석에 태우고 다녔다.
찰스를 연모했던 학원의 여자들, 선생님이나 학생들이
나 나를 곱게 보지 않았다. 유독 찰스를 좋아했던 기초
2반 담임 선생님(28세, 여)은 수업 중에 나에겐 아무런
질문도 하지 않았다. 과제를 해 왔는지 어쨌는지 궁금
해하지도 않았다. 그쯤엔 어학원에서보다 마트에서 직
원들, 손님들과 부딪히며 배우는 게 더 많았기에 망설
임 없이 어학원을 관뒀다. 찰스는 유학 비자라 어학원

을 관둘 수는 없었지만 가는 날보다 안 가는 날이 많았
다. 어학원에서는 찰스에게 이런 식으로 하면 출석률이
저조해 비자 연장이 안 된다고 경고했다. 그러거나 말
거나 찰스는 오후 느지막이 일어나 기타를 퉁겼다. 동
거한 지 반년째, 찰스가 동네 스낵바의 종업원과 만난
다는 걸 눈치채고 있었다. 제가 따르던 마마 언니가 시
골에 가게를 낸다고 하니 따라온 스물둘의 여자애. 찰
스는 노래 몇 마디 판 대가를 그 애와 놀고 마시는 데
썼다. 자하에 그 애만 한 미모가 없긴 했다. 작지만 강
단 있어 보이는 몸, 뽀얀 피부, 동그란 눈, 아무렇게나
묶어도 예쁜 긴 생머리. 그 애가 자하에 온 이후로 찰스
와 나는 몸을 섞는 대신 비디오게임을 했다. 엑스박스
라는 물건을 사갖고 들어온 찰스는 밤새 총싸움을 해
댔다. 쥐꼬리만 한 금액이긴 했지만 찰스에게 꼬박꼬박
월세를 주고 있었으므로 나는 시끄럽다고 항의할 자격
이 있긴 했다. 야, 우리 편 나눠서 해보자. 니가 괴물 쪽
해. 그쪽이 훨 강하거든. 난 약한 쪽이 강한 쪽 죽이는
게 좋으니까 니가 괴물 해. 찰스가 말하는 꼴이 신나 보
여서 나는 그냥 괴물이 되었다. 그 뒤로 찰스와 나는 우
리가 몸을 섞은 횟수보다 더 많이 게임을 했다. 찰스는

괴물이 된 나를 단 한 번도 이기지 못했다. 그러자 찰스도 나도 슬슬 게임이 지겨워졌다. 세상엔 절대 안 되는 것도 있구나. 찰스는 그렇게 중얼댄 이후로 집을 나가 돌아오지 않았다. 기초 2반의 담임 선생님이 맨션으로 찾아왔다. 찰스는 어학원비를 체납하고 사라졌다. 알고 보니 월세도 두 달째 밀려 있었다. 부동산 계약서를 보니 찰스의 집에 들어온 달부터 나는 실동거인이 되어 있었다. 한국은 어떤지 모르겠지만, 여기는 한 사람 살겠다고 들어와서 둘이 살게 되면 재계약을 하거든. 법이 그래. 황당해하는 나를 다독이듯 말하던 중개업자. 결국엔 나에게 밀린 월세를 내라는 뜻이었다. 찰스의 구기동 본가에도 연락을 해보았지만 신호만 갈 뿐 응답이 없었다. 스낵바 종업원을 찾아가자 그 애는 자기한테 찰스의 행방을 묻는 것을 어이없어했다. 우리 그렇게 대단한 사이 아니었는데. 무엇보다 여자친구는 그쪽이잖아요? 보름 안에 집을 비워주기로 하고 짐을 쌌다. 찰스의 물건 대부분을 버렸는데, 엑스박스는 고이 모셔뒀다가 팔아서 밀린 월세에 보태고 싶었다. 마지막으로 혼자서 총싸움을 했다. 괴물이 아니라 그를 물리치기 위해 먼 나라에서 파견 온 군인이 되어서. 의외로 괴물

은 쉽게 쓰러졌다. 맥이 풀렸다. 핸드폰이 울렸다. 발신
번호표시제한의 전화. 난데, 나 한국 왔어. 음, 미안해.
찰스였다. 저기, 엑스박스는 너 가져. 너 되게 좋아하더
라. 음, 그 게임 엔딩이 괴물 물리치고 군인들이 자기 나
라로 돌아가는 거거든. 괴물한테 핵폭탄 열 번 정도 쏘
면 끝나. 그동안은 니가 재미있어하길래 그냥 엔딩 안
보고 미뤄둔 건데. 사실 그 게임이 엑박에서 제일 시시
한 거야. 야, 왜 말이 없어? 하여튼, 미안해. 잠시 정적이
흘렀다. 그러다 내가 찰스를 불렀다. 세상엔 절대 안 되
는 것도 있구나, 그 말은 무슨 뜻이었어? 내가 그런 말
했어? 게임하다가 그런 말 했잖아. 아, 기억난다. 그냥
그런 거 있잖아. 아무리 노력해도 안 되는 게 있으니까.
그니까 너도 너무 열심히 살지 마. 해도 안 되는 게 널
리고 널렸어. 세상에 노력해서 되는 건 그나마 게임 정
도일걸. 그마저도 엄청 허무해. 엔딩 보면 끝이잖아. 같
은 엔딩 보려고 다시 한번 뼈 빠지게 노력하고 싶지도
않고. 찰스의 무기력한 말투에 나도 힘이 빠졌다. 역시
예술 하는 나부랭이들하고는 몸은 섞어도 말은 섞으면
안 되는 건데. 예술 한답시고 아무것도 안 하고 있는 아
빠 생각이 났다. 그런 모자란 남자한테 맞고 산 엄마 생

각이 났다. 어지러웠다. 몸이 균형을 잡지 못하고 좌우로 흔들렸다. 내가 서 있던 거실이 꿀렁꿀렁댔다. 속이 뒤집힐 것 같았다. TV 화면 속 핵폭탄을 맞아 몸에 구멍이 열 몇 개쯤 뚫린 괴물이 눈에 들어왔다. 괴물은 앞으로 고꾸라졌다. 파편 같은 것들이 튀었다. 순간 괴물이 뿜어낸 핏덩이인가 싶었다. 실은 TV 액정이 깨져 조각이 되어 여기저기 날아다니는 거였는데. 찰스야, 지진 났나 봐. 뭐라고? 지진? 야, 그 집 그 동네에서 내진 설계로는 최고야. 강진이 나더라도 한 달은 버틴다고 했어. 그럼 한 달 후에는? 그건 나도 몰라. 하여튼 일단 집에 있어, 나가지 말고. 야, 이제 전화 끊어야겠다. 원래 이렇게까지 오래 통화할 생각 없었는데, 돈 많이 나오겠다. 끊을게. 뭐? 월세는 어쩔 건데 이 새끼야. 야, 박철승. 끊었냐? 아우, 망할 놈. 너 같은 예술가 나부랭이들 존나 싫어, 진짜.

흔들리는 복도를 갈지자로 걸었다. 속이 울렁거렸다. 누군가 괜찮으냐고 말을 걸었다. 갓난아기를 품에 안은 여자가 보였다. 그 아기 엄마가 그렇게 반가울 수가 없었다. 말이 길어지면 타지 사람인 게 티가 나는 게 싫어서 짐짓 침착한 척, 느긋한 척 천천히 말했던 나인데. 상황이 상황이니만큼 속에 있던 소리가 발음, 문법 따위 상관없이 입 밖으로 막 나왔다. 아니요, 속이 안 좋아요. 소화제를 먹어야 할 거 같은데. 아니, 그보다 1층까지 어떻게 내려가요? 엘리베이터 타면 안 된다고 배웠는데. 그래도 타는 게 좋을 거 같아요. 이대로 가다간 토하다가 죽을 거 같아. 아기 엄마가 나를 한심하게 쳐다보는 거 같았다. 외국인? 방에 들어가서 여권이랑 현금 좀 갖고 나와요. 재난가방 같은 거 없어요? 이렇게 빈손이면 안 돼요. 나가서 무슨 일이 있을 줄 알고. 중요한 건 좀 챙겨갖고 나와야지. 돌연 아기가 울었다. 아기 엄마는 나에게서 매몰차게 돌아서서 아기를 어르며 흔들리는 복도를 잘도 걸어나갔다. 저 바른 걸음걸이는 국민성인가. 다년간의 재난 훈련을 거친 내공인 건가. 나는 거의 기다시피 해서 집으로 돌아갔다. 여권하고 현금 몇만 원 정도를 챙겨 다시 기다시피 해서 집을 나왔다. 엑스박스 망가지면 되팔지도 못하는데, 7층에서 1층까지 어떻게 걸어서 내려가지, 존나 귀찮다, 헬기 같은 거 안 오나, 대사관놈들은 뭐 하고 있는 거야, 자국민이 이렇게 토할 거 같은데. 5분은 기어다닌 것 같은데 겨우 비상구 앞이었다. 내가 삶에 대한 의지가 그렇게 강하지 않다는 걸 깨닫는 순간이었다. 마트에서 직원 교육 때 안내받은 대피소의 위치가 가물가물했다. 맨션에서 꽤 거리가 있었다는 기억밖에 나지 않았다. 대피소까지 가는 것은 그냥 포기하고 싶었다. 비상구 앞에 주저앉아 구역질을 해대고 있는데 누군가 또 괜찮으냐고 물었다. 이번엔 아주 잘생긴 소년이었다. 기껏해야 스무 살이나 먹었을까 싶은. 누나, 우리 이대로 대피소는 무리예요. 가다 말고 죽을 수도 있어요. 이 건물 내진설계는 잘되어 있다니까 차라리 여기서 기다리는 게 나아요. 내가 나가는 사람들마다 말렸는데. 다들 바리바리 싸들고 나가더라고요. 남자애는 그 급박한 와중에 변죽도 좋았다. 그래도 누나라니. 내가 지 또래가 아니라고 너무 쉽게 판단해버린 건 아닌가 싶었다.

소년은 자기를 프랭키라고 불러달라 했다. 서구의 피가 섞였나 싶어 얼굴을 자세히 들여다보니 지극히 동양적으로 예쁜 이목구비였다. 오밀조밀한 눈 코 입, 170센티 안팎으로 보이는 키, 군살이라고는 없어 보이는 몸매. 자하 최고의 여자애가 스낵바의 종업원이었다면 자하 최고의 남자애는 이 녀석, 프랭키다 싶었다. 나

는 프랭키의 말을 믿고 맨션 밖으로 나가지 않았다. 대
피소까지 가기 귀찮아서 죽을 각오까지 했던 나에게 프
랭키는 좋은 변명거리였다. 타국의 잘생긴 남자애가 나
에게 흔들리는 건물 안에 함께 남아 있자고 하는 것. 나
는 절대 삶에 대한 의지가 약한 게 아니었다. 오히려 위
기의 순간 더욱더 본능에 충실하며 인간의 본질에 가
까워지고 있었다고 해야 할까. 내 손을 잡고 제가 사는
13층으로 이끄는 프랭키를 믿고 싶었다.

　　　프랭키의 집은 찰스의 집보다 두 배 정도 더 커
보였다. 일단 거실이 넓었고, 욕실이 두 개였고, 드레스
룸까지 있었다. 집이 크다 보니 공간을 메꿀 가구나 소
품이 많았다. 그것들 대부분이 고꾸라져 있거나 바닥에
처박혀 있었다. 제일 인상적이었던 건 피를 토해내고
있는 듯한 형상의 와인셀러였다. 원래는 부엌 한구석에
고매하게 자리하고 있었을 터였지만. 나처럼 지진에 멀
미라도 한 듯, 와인셀러는 술 취한 사람이 가로등에 몸
을 기대어 토하는 모양새로 앞에 있는 아일랜드 식탁
에 머리맡을 처박고서 검붉은 액체를 쏟아내고 있었다.
프랭키, 너 뭐 하는 사람이야? 아니, 미안. 말 놓아도 되
는 건가. 나 원래 일곱 살짜리한테도 반말 안 하는 사람

인데. 괜찮아, 누나. 나도 놓을게. 고마워, 너 직업이 뭔지도 물어봐도 돼? 당연하지, 나 배우야. 배우라고? 응, 혹시 본 적 없어? 아, 미안. 나 여기서는 드라마나 영화 잘 안 봐. 뉴스는 좋아하는데. 누나는 어느 나라 사람이야? 한국인이야. 남한? 당연하지. 뭐가 당연해? 북한에 살면 여기 위홀로는 못 와. 헉, 왜? 너 뉴스 안 봐? 북한이 어떤 덴지 몰라? 알아, 핵 만들잖아. 몰래 숨어서. 그래, 무서운 놈들이야. 근데 프랭키, 너 정말 배우야? 대표작이 뭔데? 〈동창생과 차 안에서〉. 알아? 아니…… 몰라. 그럼 〈옆집 누나와 대관람차에서〉는? 미안, 나 야동은 고등학교 때 이후로 안 봐. 그래? 근데 한국 남자들이 우리나라 야동 좋아한다는 거 사실이야? 우리 거 가져가서 불법 배포한다는데. 응, 맞아. 많은 남자가 필요악이라고 우기면서 불법 배포를 해대지. 누나, 그럼 나도 유명해? 한국 남자들 사이에서? 그들이 남자인 너한테 집중할 시간이 있을까? 누나 말 듣고 보니 그렇네. 프랭키, 너 그럼 대관람차에서도 해본 거야? 당연하지. 작품에서 진짜로 하니까. 대관람차는 어때? 너무 좁아서 카메라앵글이 잘 안 나와. 너는 어떤데? 나도 별로지. 난 정상적인 게 좋아. 작품 콘셉트니까 어쩔 수 없이

하는 거지. 그래도 우리 작품은 스토리가 있어. 무조건
관계만 맺는 건 설레지 않잖아. 나는 그나마 멀쩡한 와
인을 하나 골라 병째 마셨다. 그 와중에도 건물은 흔들
렸다. 멀미는 더 이상 나지 않았다. 프랭키는 〈옆집 누
나와 대관람차에서〉라는 작품을 찍다 대관람차 창문을
박살 냈다는 얘기, 폐장한 유원지에 숨어들어 몰래 촬
영했던 얘기를 무용담처럼 떠들었다. 나는 프랭키가 귀
여웠고, 좋았다. 우리는 값비싼 와인을 입에서 입으로
나눠 마셨다. 누나, 나 누나 좋은 것 같아. 우리는 프랭
키의 집 거실 바닥에서 몸을 섞었다. 프랭키의 몸은 깡
말랐지만 잔근육이 가득했다. 프랭키는 전희에 공을 들
일 줄 알았으며, 쉽게 지치지도 않았다. 내가 먼저 이제
그만해도 된다고 했을 때서야 내 위에서 내려왔다. 누
나, 우리 겨우 한 시간 했는데. 프랭키, 나 배고파. 우리
는 프랭키가 저녁밥으로 사뒀던 편의점 도시락을 나눠
먹었다. 맨션은 더 이상 좌우로 흔들리지 않았다. 알림
방송이 나왔다. 자하 주민센터에서 알려드립니다. 건물
안에 계신 주민분들은 신속히 옥상으로 대피해주시기
바랍니다. 현재 지면이 매우 불안한 상태이므로 외출을
삼가고 옥상으로 대피해주시기 바랍니다. 옥상으로 대

피할 시에는 간단한 식음료, 간이 텐트나 침낭 등을 준비해서 올라가시기 바랍니다. 다시 한번 알려드립니다. 건물 안에 계신 주민분들은 건물 옥상에서 구조를 기다려주시기 바랍니다. 신속히 구조 물자를 전달하고 순차적으로 구조를 실시하겠습니다. 이상, 자하읍 주민센터 재난관리본부에서 알려드립니다. 프랭키가 사는 13층은 맨션의 최고층이었고 바로 위가 옥상이었다. 극세사 담요 두 장, 1리터 생수 하나, 녹차 맛 크래커, 매실장아찌 통조림, 고약한 향의 오래된 위스키, 열 개비의 럭키 스트라이크. 그것들이 우리가 옥상에 가져갈 수 있는 전부였다. 우리는 아직은 차가운 봄바람을 맞으며 옥상의 콘크리트 바닥에 담요 한 장을 깔고 한 장은 함께 덮었다. 담배는 한 시간에 한 개비씩 나눠 피웠다. 위스키는 몇 모금 마시자 특유의 소독약 냄새도 참을 만했다. 우리는 아수라장이 된 프랭키의 집이 텅 빈 옥상보다야 아늑하다는 것을 알았지만 해가 밝아올 때까지만 견뎌보기로 했다. 프랭키 말로는 재난 상황에서는 언제 구조헬기가 나타날지 모른다고 했다. 구조헬기는 참을성이 별로 없어서 옥상에 사람이 안 보이면 그대로 방향을 돌려버려. 우리가 이렇게 앉아 있는데도 그저 구조 물자만 툭 하고 떨어뜨려놓고는 언제 다시 오겠다는 말도 없이 가버릴 수도 있어. 자기네들이 다시 올 때까지 거기서 기다리라는 거지. 아까 방송 들었지? 순차적으로 구조하겠다잖아. 기다리는 게 지루해서 견딜 수없을 때쯤 구해주겠다는 소리야. 구조라는 거 절대 쉽게 해주는 게 아니야. 그러니까 다들 기를 쓰고 대피소를 가지. 뭐, 대피소라고 사정이 좋진 않을걸. 체육관 같은 데 한데 몰아넣고 지난번 대피 때 사용했던 이불 깔고 자고, 밥은 주먹밥 아니면 팥빵. 그래도 굶기진 않으니까. 뭐, 우리는 아주 운이 나쁘다고 해도 삼사일 뒤엔 여기서 나갈 수 있을 거야. 그러니까 누나, 이 깜깜한 밤을 무서워하지 마. 프랭키는 원래 도시 출신이었다. 고등학교 때까지는 현대무용을 했는데 프랭키를 후원해주던 기업이 도산해버리는 바람에 그만뒀다. TV 뉴스에서 그 기업의 하청을 받던 업체 사람들이 나와 울고불고했다. 분신을 시도하는 이도 있었다. 기업의 후원담당자로부터 연락이 왔다. 그는 프랭키에게 마지막 후원금을 송금했다고 했다. 적은 돈이라 미안하네. 그래도 다음 콩쿠르까진 준비할 수 있을 거야. 그도, 프랭키도 다음 콩쿠르 따위는 이제 무의미해져버린 것을 알고

있었다. 프랭키는 마지막 후원금으로 국내 여행을 시작
했다. 북쪽에서 밑으로 내려왔는데 중간쯤 왔을 때 지
쳐버려서 사람 적고 조용한 자하에 정착하기로 마음먹
었다. 얼마 후 프랭키는 동네 사우나에서 포르노계의
거물을 만났다. 거물은 제작하는 작품마다 히트를 쳤
다. 거물은 프랭키의 알몸을 뚫어져라 보며 요즘엔 너
같은, 작은 근육이 많은 마른 몸이 인기라고 했다. 프랭
키는 별 고민 없이 거물의 작품에 출연했다. 무용을 해
서인지 낭창낭창했던 프랭키의 몸은 잘 팔렸다. 곧 포
르노계의 라이징 스타가 되었다. 프랭키는 자하에 있는
거물의 맨션에서 지냈다. 거물은 쉬고 싶을 때만 자하
를 찾아 온천물에 몸을 담그고 떠났다. 맨션은 거의 프
랭키 혼자 쓰는 거나 마찬가지였다. 거물은 와인셀러
만 건드리지 않으면 집 안의 모든 것을 내키는 대로 써
도 좋다고 했다. 프랭키는 포르노 스타가 된 뒤로 예전
에 알던 사람들과는 연락을 하지 않았다. 그렇다고 오
는 연락을 막지는 않았다. 돈 빌려달라는 연락이 대부
분이었지만. 프랭키라는 예명은 첫 작품의 엔딩크레딧
담당자가 멋대로 만들어낸 거였다. 왜 하필 프랭키였는
지 그 이유는 알 수 없었다. 프랭키는 포르노가 좋았다.

무용처럼 몸을 쓰는 일이었고, 몸의 움직임에 따라 다
양한 감정을 표현할 수 있었다. 몸이 성할 때까지 포르
노를 찍고 싶었다.

　　바람은 점점 차가워졌고, 프랭키와 나는 몸을
더욱더 붙여야만 했다. 프랭키는 오래된 연인 대하듯,
내 어깨를 제 품 안으로 당겨 안았다. 프랭키, 이 건물
사람들은 다들 대피소로 간 걸까? 누나, 여기 사람 살고
있는 집이 몇 안 돼. 월세가 쓸데없이 비싸니까. 그나마
있던 사람들도 지진 나자마자 다들 빠져나가더라구. 너
는 왜 안 갔어? 지난번 지진 때 대피소에서 하루 잤는데
아까 말했다시피 할 짓이 못 되더라구. 이 건물 내진설
계를 믿고 싶기도 하구. 전국에서 제일 솜씨 좋은 내진
설계 전문가한테 맡겼다나 봐. 니네 집은 완전 엉망이
던데? 와인셀러는 피 토하고 있고 책꽂이는 침대랑 합
체됐던데. 내진설계가 튼튼하면 지면이 흔들리는 대로
건물이 움직여. 더 많이 흔들리는 것처럼 느껴지지만
실제론 안전한 거지. 집 물건들이 쓰러진 건 이번이 처
음이야. 예사 지진이 아닌 것 같긴 했어. 사장이 와인셀
러 보면 기함하겠네. 너 사장한테 맞는 거 아니야? 이것
만은 건드리지 말랬지 이 새끼야, 막 그러면서. 하하, 누

나, 우리 사장 그렇게까지 악덕 업주 아니야. 괜찮아. 내가 또 작품 찍어서 우리 사장 돈 벌게 해주고 그 돈으로 와인셀러 다시 장만하지, 뭐. 프랭키, 그럼 이 옥상엔 당분간 우리 둘인 거네. 이 건물 전체가 다 우리 거야, 누나, 당분간은. 그렇네, 되게 어드벤처 무비 같다, 그치.

3

버스는 논밭을 달리고 달려 자하에 도착했다. 지진 후 2년 만에 완전히 복구되었다던 동네에는 전보다 숙박업소가 늘어난 듯했고 처음 보는 식당이나 카페들도 보였다. 동네 곳곳에 붙어 있는 전단지를 보니 5년 전의 읍장이 재당선된 듯했다. '젊은 자하, 밝은 자하를 위해 최선을 다하겠습니다.' 읍장의 슬로건대로 젊은 사람이 꽤 눈에 띄었다. 도시의 치솟는 물가를 못 이겨 흘러 흘러 자하까지 온 청년들은 예전부터도 꽤 있었다. 그들 중에서 자하에서 결혼도 하고 아이도 낳으며 정착한 이들도 있을 터였다. 이제 자하는 밝고 활기찬 관광지였다. 거리에는 웃고 떠들며 즐거워하는 사람들로 가득했다.

　　　단골이었던 중국인 부부의 만둣집은 사라졌다. 서울에 돌아가서도 그 육즙이 흘러내리는 만두만 생각하면 침이 고였는데. 만둣집의 중국인 부부도 나처럼 타국의 요동치는 땅이 무서워 제 나라로 도망가버렸는지도 몰랐다. 만둣집 뒤쪽의 좁은 골목으로 들어가면 스낵바가 있었다. 자하의 남자들은 만둣집에서 든든히 배를 채우고 비싼 술을 마시러 스낵바로 갔다. 찰스도 그런 남자들 중 한 명이었다. 나는 돌연 스낵바의 생존이 궁금해졌다. 이제는 이십대 후반이 되었을 스낵바의 종업원도 궁금해졌다. 담배를 하나 태우며 골목으로 들어갔다. 스낵바만큼은 건재할 것 같더라니. '스낵바 미니.' 불을 켜지 않은 간판이 눈에 들어왔다. 가게 문이 열리기엔 좀 이른 시간이어서 30분 정도는 기다려볼 요량으로 가게 앞에서 담배를 두 대쯤 피웠다. 그리고 생각보다 빨리 종업원이 가게 문을 열고 나왔다. 지친 얼굴로 담배를 물고는. 층 하나 없이 올곧게 자른 단발머리가 어울렸다. 그 애는 여전히 자하에서 제일 예쁜 여자애처럼 보였다. 너는 왜 늙지도 않냐. 열받는다 정말. 나는 한국말로 중얼거렸다, 그 애를 빤히 보며. 그 애는 반쯤 감긴 눈으로 심드렁하게 담배만 피워댔다. 사랑받는 여자애들은 잘 안 늙어. 계속 사랑받고 싶어서 가꾸고 또 가꾸거든. 엄마 말이 맞았다. 괜히 짜증이 나서 담배를 아무렇게나 지르밟고 돌아섰다. 잊고 있던 타국의 말이 들려왔다. 저기, 그 맨션이요. 이제 거기 호텔이에요. 2차 지진 때 그 맨션, 반토막이 나버렸거든. 그래서 무너진 김에 아예 호텔로 만든 거지. 다시 몸을 돌리자 그 애는 아직 졸린 눈 그대로 나를 보고 있었다. 나는 이제 여기 주인이에요. 우리 사장 언닌 가버렸거든. 나중에 술 생각나면 와요. 레이디 디스카운트 그런 것도 하니까. 그러고 보니 그쪽도 잘 살아남았네. 또 봐요. 찰스야, 나는 지금까지 쟤가 예쁜 게 긴 머리 때문인 줄 알았는데 쟤는 똑 자른 단발도 예쁘다. 쟤도 잘 살아남아서 잘 지내고 있었네.

맨션은 자하의 랜드마크라고 해도 무리가 없을 고층 관광호텔이 되어 있었다. 낡은 목조건물이 대부분이던 5년 전, 홀로 우뚝 솟아 있던 콘크리트 맨션은 좀 우스꽝스러웠다. 지나치게 번듯하고 매끈한 외관이 시골 동네에는 어울리지 않았다. 나 이만큼 잘난 놈이야, 라고 으스대고 있는 꼴을 아무도 돌아봐주지 않는 느낌

이랄까. 이제는 자하에도 곳곳에 콘크리트 건물들이 들어서 있었다. 5년 전 지진 때 자하의 전통가옥이나 다름 없던 오래된 목조 집 대부분이 무너졌다. 그 후 전국의 웬만한 시공사들이 자하로 몰려들었다. 그 결과 새 건물이 빠르게 늘어나기 시작했다. 아직도 목조를 고수하는 집도 있었지만, 이제는 오히려 그쪽이 어색하게 느껴질 정도였다. 나는 관광호텔에 묵기로 했다. 현재는 흔적도 찾아볼 수 없는 옛집을 추억하고 싶은 건 아니었다. 그저 높은 곳에 올라가 자하를 조망하고 싶었다. 호텔 프런트에 남아 있는 방 중에 최고층으로 달라고 했다. 고객님, 11층입니다. 오늘 밤엔 자하산에서 연등제를 하는데 방에서 보시면 아주 아름답습니다.

프랭키와 나는 옥상에서 날이 밝길 기다리며 냄새나는 위스키 한 병을 다 비웠다. 담배가 다 떨어지면 어떡하지 하는 걱정도 뒤로 미루고 취한 채 연신 담배를 피워댔다. 우리는 새벽바람의 차가움을 이기려고 서로의 맨몸을 부딪쳤다. 날이 밝아오는 것이 얼마나 두려운 일인지도 모르면서. 서로의 맨살을 느끼며 잠들었던 우리는 해가 떠오르자 거의 동시에 눈을 떴다. 그제

야 추위를 느끼며 각자 담요를 한 장씩 몸에 둘렀다. 해
는 서서히 하늘 높은 곳으로 옮겨갔다. 그러자 밤새 감
춰져 있던 자하가 드러났다. 프랭키와 나는 누가 먼저
랄 것도 없이 난간으로 향했다. 누나, 나는 우리가 오
늘 구조됐음 좋겠어. 나도 그래, 프랭키. 우리는 무너져
내린 자하와 마주했다. 그 시간 자하에서 온전한 건 오
직 프랭키와 나 그리고 우리가 서 있는 건물뿐인 것처
럼 느껴졌다. 좀 무리해서라도 도시로 가는 게 낫지 않
겠니. 워킹홀리데이를 떠나기 일주일 전에 아빠를 만났
다. 나는 그 나라에 그런 동네가 있는지도 몰랐다. 정말
괜찮겠니? 나는 타들어가는 삼겹살 몇 점을 아빠 앞에
놓았다. 아빠가 암 걸린다고 탄 거는 절대 입도 안 대서
탄 고기는 늘 엄마 차지였어. 아빠 알고 있었지? 엄마가
잘 익은 고기만 골라서 아빠 앞에 놔줬던 거. 내가 엄마
였으면 아빠한테 맞은 거 다음으로 그 기억이 제일 싫
을 거 같아. 아빠는 아무 말 없이 바싹 타버린 고기 한
점을 입에 넣었다. 아빠, 나는 신경 쓰지 말고 아들내미
나 좀 돌봐. 걔는 아직 청소년이잖아. 뒤틀린 땅과, 무
너져 내린 산의 잔해, 그 잔해에 깔린 집들, 또 그 집들
의 잔해를 보았을 때 나는 아빠의 말을 떠올렸다. 그 모

자란 아저씨도 맞는 소리를 할 때가 있구나 싶었다. 프랭키는 마지막 남은 담배에 불을 붙였다. 나는 담배를 쥔 프랭키의 손이 떨리는 것을 보았다. 우리는 프랭키의 집으로 돌아가 온 집 안을 꼼꼼하게 뒤졌다. 지지대부분이 좀 녹슬었지만 그런대로 쓸 만해 보이는 텐트를 찾아냈다. 집 안에 남아 있는 식량은 별로 없었다. 냉동실에서 녹고 있는 깍둑썰기된 아보카도를 발견하긴 했다. 이건 뭐야, 프랭키? 아보카도야. 주스 만들어 먹으려고 사둔 건데 구석에 처박혀 있었네. 이거 맛있어? 맛없어도 먹어야 해, 누나. 우리 이제 먹을 건 이거밖에 없어. 우리는 집 안 여기저기를 굴러다니고 있는 깨진 와인병들 안에 남아 있던 와인을 한데 모았다. 1리터짜리 생수통이 반 조금 넘게 채워졌다. 냉동 아보카도와 이맛 저맛 섞인 와인. 그것들이 우리의 마지막 식량이었다. 7층에 있는 찰스의 집에도 다녀올까 싶었지만 찰스나 나나 집에서 뭘 먹는 인간이 아니었다. 그래도 생수 정도는 있었겠지만 7층에서 13층까지 오르락내리락할 체력이 없었다. 프랭키와 나는 텐트의 두꺼운 이불 속에 들어갔다. 누나, 있잖아. 〈옆집 누나와 대관람차에서〉가 내 작품 중에서 제일 인기가 많았어. 곧 속편도 만들어. 그 속편까지 인기 있으면 속편의 속편도 만든대. 프랭키는 아무 맛도 안 나고 느끼한 식감만 느껴지는 아보카도를 잘도 먹었다. 나는 와인만 마셔댔다. 두려움이 밀려왔다. 옆에 프랭키가 있는데도 외로웠다. 무너진 동네에 나 홀로 우뚝 서 있는 것 같은 기분이었다. 낮에는 도저히 텐트 밖을 나갈 용기가 나지 않았다.

연등제는 해가 지고 저녁 7시 반쯤부터 시작됐다. 어딘가에서 구슬픈 피리 소리가 들려왔다. 산머리에 매달린 연등들부터 차례로 불을 밝혔다. 백여 개의 연등이 전부 빛을 내기 시작했을 때는 장관이었다. 자하산을 가득 메운 연등들이 피리 소리에 맞춰 흔들흔들 춤을 췄다. 치자빛, 쪽빛 등 모두 자연의 색을 담은 연등 백여 개가 봄바람에 몸을 맡긴 듯 살랑댔다. 마을이 전부 복구된 후로 매년 연등제를 지내고 있습니다. 먼저 가버린 넋들을 기리는 의미에서. 저희에겐 잊히면 안 되는 존재들이니까요. 방에서 연등제를 볼 수 있다는 말에 내가 별 반응을 보이지 않았던 탓인지 호텔 직원은 연등제를 하는 이유를 덧붙였다. 피리 소리가 점점 더 구슬퍼졌다. 왠지 견디기가 힘들어졌다. 배가 고픈 것 같기도 했다. 호텔 근처의 편의점으로 향했다. 컵라면을 만지작대다가 럭키스트라이크 한 갑만을 사서 나왔다. 담배를 피우며 자하의 밤길을 걸었다. 인적이 드문 골목만을 골라 다니다가 스낵바 미니 앞에 멈췄다. 아직은 취한 아저씨들이 들이닥칠 시간은 아니었다. 들어갈까 말까 고민하는데 문이 열렸다. 낮에 보았던 종업원, 아니 이제는 사장이 된 그가 나왔다. 짙은 화장을 하고 하얀 민소매 원피스를 입고 있었다. 추운지 몸을 떨며 쓰레기봉투를 내놓던 그는 나를 발견했다. 위스키 한 잔 줄게요, 온더락으로. 나는 망설임 없이 그의 가게로 들어갔다. 가게 안은 미사리에 있을 법한 카페와 별반 다를 바 없었다. 흔히 불륜 카페라고 불리는, 남녀가 서로 정답게 기댈 수 있는 소파식 좌석과 앤틱을 표방한 촌스러운 테이블이 있는. 그리고 한쪽엔 음료를 제조하는 작은 바가 자리해 있었다. 그는 나를 바 쪽에 앉혔다. 모두들 자신을 미니라고 부른다고 했다. 미니는 원래 예전 사장 언니 닉네임이었어요. 언니가 일 시작할 때 마마가 지어준 이름이 미니였대요. 언니는 뭔가 국적이 불분명해 보이는 그 이름이 맘에 들었구. 나는 그냥 물려받았어요. 가게도 물려받고 이름도 물려받고.

미니는 온더락 위스키에 시트러스를 띄워 건넸다. 술맛이 좋았다. 미니는 청주를 마셨다. 언니는 그날 먼저 가버렸어요. 언니랑 나랑은 대피소에 같이 있었는데. 언니가 혈압약을 먹었거든요. 근데 그걸 가게에 놓고 온 거지. 언니는 안 된다고 했는데 내가 우겨서 나 혼자 가게로 약을 가지러 왔거든요. 그 와중에 2차 지진이 터져버렸네. 나는 가게 테이블 밑에 숨어 있었어요. 아, 이대로 가는구나 싶었지 뭐. 나중에 눈 떠 보니까 병원이더라구. 우리 가게, 한때 잘나갔던 건축가가 지어준 거거든. 그 사람이 우리 사장 언니 애인일 때. 그래서인지 생각보다 가게가 단단했나 봐요. 무너지긴 무너졌는데 사람이 죽을 정도는 아니었어. 2차 지진 때 사람이 제일 많이 죽어나간 데가 어딘 줄 알아요? 대피소예요. 세상에 누가 알았겠어. 대피소가 무너질 줄. 다들 그렇게 대피소에서 기를 쓰며 자리 차지하고 있었는데. 언니는 내가 화장해서 산꼭대기에 올라가서 뿌려줬어요. 다들 그렇게 하더라구. 여긴 뭐, 강이나 바다 같은 건 없으니까. 많은 사람이 저 자하산 위에서 떠났어요. 매년 오늘, 연등제도 그래서 하는 거고. 사장 언니를 그렇게 보내고 오는데 반토막이 난 맨션이 보이더라구. 그게 또 우

리 집 단골손님이 살던 곳이네. 어차피 단골손님은 가
고 없으니 마음이 놓였는데. 그 맨션에 그 사람만 사는
게 아니잖아. 나, 그쪽이 나한테 와서 찰스 행방을 묻는
데 좀 부럽기도 하고 그랬어요. 그쪽이 아니라 찰스가.
내가 자하 올 때 야반도주하다시피 해서 우리 사장 언
니만 믿고 따라왔거든. 여기 와서 누가 나 좀 찾아줬음
좋겠다, 나 좀 궁금해했음 좋겠다, 그런 생각 많이 했어
요. 그래서 괜히 찰스가 부러운 거야. 하여튼 그쪽이 생
각났어요. 그 두 동강 난 맨션을 보는데. 누구라도 좋으
니까 내가 아는 사람들 중에 아무라도 무사했으면 했
어. 아까는, 그쪽을 보는데 좋더라구. 잘 살아남아서 다
시 자하에 왔구나, 다행이다 싶었어요. 미니가 웃었다.
사실 나는 미니가 싫었다. 어린 나이를 무기로, 잘난 몸
매를 무기로 사람을 끌어당기는 예쁜 여자애가 싫었다.
그렇지만 미니가 아직 자하에 있는 게 다행이라고 생각
했다. 미니처럼 프랭키도 자하의 어딘가에서 잘 있기를
바랐다.

　　나는 프랭키를 떠나야겠다고 생각했다. 아무리
두꺼운 이불을 깔았다 한들 텐트에서 잠들기엔 등이 아

팠고 더 이상 프랭키와 하고 싶지 않았고 그런 욕구를 일으킬 술도 다 떨어졌고 담배를 태우고 싶어 손이 떨렸다. 프랭키는 내 옆에 잠들어 있었다. 자하에 온 지 얼마 안 되었을 무렵 지진 때문에 잠을 설치는 일이 많았다. 나에게 지진이라는 것은 토네이도와 같이 절대 경험할 리 없는 상상 속의 재난이었다. 그런데 자하에 오니 진도 3에서 4의 지진 따위는 아무것도 아닌 게 일상이었다. 혹시라도 무슨 일이 날까 싶어 잠들지 못하고 꼬박 밤을 지새우고 마트에 출근을 하면, 성격이 수더분하던 엄마 또래의 동료가 웃으며 나를 다독였다. 자하에 큰 지진은 일어나지 않을 거야. 10년 전에도 옆 동네는 산 무너지고 집 무너지고 난리도 아니었는데, 우리는 아 또 흔들리나 보다 그러면서 푹 자고 아침에 일어나서 놀랐다니까. 옆 동네가 아주 그냥 풍비박산이나 있지 뭐야. 그게 20년 전에도 그런 적이 있다지. 자하는 하늘에서 지켜주고 있는 게 틀림없어. 그는 자하는 하늘에서 지켜주고 있다는 말을 몇 번이나 반복했다. 그때마다 그의 선한 눈빛이 나를 안심시켰다. 그의 말을 믿고 싶었고 믿었다. 프랭키는 내 옆에서 옅게 코를 골았다. 날이 밝자 드러난 자하의 모습에 프랭키 역시 놀라긴 했지만 타지에서 온 나만큼은 아닌 듯했다.
그도 그럴 것이 프랭키는 제가 살아온 스물한 해 동안
크고 작은 지진을 봐왔을 터였다. 언젠가는 한번 땅이
뒤틀리고 건물이 무너질 정도의 지진을 경험할 수도 있
다는 마음가짐이 은연중에 자리하고 있었을지도. 그 나
라의 사람이라면 저도 모르게 태생적으로 지니고 있을
각오 같은 게. 그러나 나는 온전히 타지 사람이었다. 서
울에서 겪어본 재난이라고는 통근 전철을 멈추게 했던
폭설 정도였다. 심지어 그때 나는 무척 기뻐했다. 출근
하던 학원에는 전철도 택시도 못 다니는 상황이니 오
늘은 부득이하게 결근을 하겠다고 말했다. 뜻하지 않은
휴가가 얼마나 좋던지. 딴생각 않고 집에 돌아가 화장
을 지우고 바로 다시 잠을 잤다. 나에게 재난이란 그 정
도의 것이었다. 분명히 피해를 주지만 웃고 넘길 수 있
는 수준의 것. 7도 지진 같은 건 상상해본 적도 없었다.
날이 밝자마자 참혹한 광경과 마주할 줄은 몰랐다. 그
저 평소보다 많이 흔들렸고 그 와중에 잘생긴 스물한
살 남자애를 만났고 그 애와 약간은 섹슈얼한 어드벤처
무비를 찍는 것 같아서 재미있었는데. 나와 프랭키는
지진이 일어난 밤 동안 고약한 향의 위스키를 많이 마

신 탓에 대체 자하가 어떤 꼴이 났는지 보지 못한 거였
다. 프랭키의 코골이 소리가 점점 커졌다. 프랭키가 못
미더워졌다. 어쩌면 구조헬기 따위는 오지 않을지도 몰
랐다. 아직 어린 프랭키가 아무 의심도 없이 그저 제 나
라를 믿고 있는지도 몰랐다. 만약에 구조헬기에 자리가
단 하나밖에 없다면? 제 나라 국민인 프랭키만 태워 가
고 나는 이 옥상에 방치될지도 몰랐다. 그렇다고 한국
대사관에서 나를 구하러 그 비싼 헬기를 띄울 리도 없
었다. 생각은 꼬리에 꼬리를 물었다. 잠든 프랭키의 눈
치를 보았다. 이미 방전된 내 핸드폰 대신 프랭키의 것
을 집었다. 텐트를 나와 엄마에게 전화했다. 엄마는 전
화를 받자마자 나에게 욕을 해댔다. 이년아, 죽었는지
살았는지 전화하기가 그렇게 힘들던? 뉴스 보니까 통
신망은 벌써 복구됐다는데. 유학원에 전화해보니 너만
생사 확인이 안 된다더라. 다들 어학원에 모여 있던데
대체 너는 어디서 뭘 하나. 기집애야, 내가 어디 가서 튀
는 행동만 안 하면 무탈하다고 그렇게 말했는데. 아이
구, 속 터져. 공항은 멀쩡하다던데 너 공항까지 갈 순 있
겠니? 엄마는 지상직 승무원으로 일하는 친구 딸에게
부탁해 서울행 비행기표를 구했다. 자하는 그 난리가

났는데도 자하에서 차로 한 시간 떨어져 있는 공항은 정상 운항을 해도 될 만큼 멀쩡했다. 어떻게든 공항까지만 가면 나는 서울로 갈 수 있었다. 서울 들어가는 비행기가 다 만석이라, 겨우 취소 표 하나 잡은 거야. 바로 오늘이라 버리는 셈 치고 예약한 건데. 하여튼 빨리 짐 싸서 공항 가. 아니, 여권만 갖구 빨랑 튀어나와. 엄마는 열일곱의 여름이 기억났을 터였다. 끔찍이도 비가 많이 내리던 그 여름에 엄마와 식구들이 살던 춘천의 낡은 집은 홍수에 무너졌다. 어떻게 손을 써볼 틈도 없이 태어나서 자란 집이 빗물에 사라졌다. 저거 언제 한번 보양식 만들어 잡숴야겠다며 큰삼촌이 노리던 백구 만동이도 빗물에 쓸려가버렸다. 엄마는 엉엉 울었다. 나중에 비가 그치고 동네에 흐르던 강의 하구에서 집 안 살림살이를 건져내다가 만동이의 사체를 발견했다. 그때 엄마는 뵈는 게 없이 확 돌아버렸다. 다들 물건 하나라도 더 건지려고 안달인 와중에 담배나 뻐끔거리고 있는 큰삼촌에게 악을 썼다. 삼촌 너처럼 맨날 술이나 처먹는 놈이 뒈졌어야 했는데. 삼촌 너는 고마워해라. 우리 만동이가 너 대신 죽은 거니까. 왜, 만동이 건져서 개소주라도 담가 먹고 싶어? 나는 삼촌 너를 확 강물에 담가

버리고 싶은데. 큰삼촌은 얼이 빠져 아무 말도 못 했다. 옆에서 밥그릇을 건지던 엄마의 할머니는 열일곱 손녀를 보며 감탄했다. 저년이 보통 년은 아닌 줄 알았는데 말하는 꼴을 보니 진짜 난 년이구만. 나도 내 새끼를 내 손으로 확 강물에 처박아버리고 싶을 때가 있어도 말 못 하는디. 저 기집애는 말 한번 잘하는구만. 속이 다 뻥 뚫리네. 엄마는 그 홍수의 기억이 싫었을 터였다. 홍수에 속수무책으로 당했던 열일곱의 여름. 그 기억이 되살아나 나를 자하에서 얼른 빼내고 싶었는지도 몰랐다. 나는 엄마와 전화를 끊고 텐트로 들어가 프랭키의 자는 얼굴을 잠깐 동안 바라보았다. 잘 있어, 프랭키. 네 예쁜 얼굴, 단단한 몸은 잊지 않을게. 네가 출연하는 작품들을 정상적인 경로로 만날 수 있다면 좋겠다. 너는 내가 아는 예체능계 남자들 중에서 제일 멋진 남자야, 지금까지는 말야. 프랭키, 안녕. 프랭키를 두고 찰스의 집으로 돌아갔다. 13층에서 7층으로 내려오는 계단에서 나는 훌쩍거렸다. 그냥 조금 눈물이 났다. 찰스의 집은 프랭키의 집보다 훨씬 상태가 양호했다. 지난밤 집에서 뛰쳐나올 때 엎어졌던 TV를 제외하곤 다들 원래 있던 위치에서 조금씩 움직인 것뿐이었다. 나는 바로 방전된

핸드폰을 충전했다. 엄마가 예약한 비행기의 출발 시간
은 오후 3시 반. 공항에 최소한 2시까지는 가야 하는데
버스가 운행할 리는 없었고 뭐라도 잡아타야 하는 상황
이었다. 핸드폰이 켜질 만큼 충전이 되자 연락처를 뒤
져 나라택시에 전화를 했다. 찰스는 가끔 다른 동네에
서 술을 마시고 나라택시를 타고 자하까지 왔다. 나라
택시는 주로 택시가 끊기는 새벽에 다니는데 일반 택시
요금의 1.5배였다. 그러니까, 불법 택시였다. 그래도 찰
스처럼 대책 없이 술을 마셔대는 밤 손님들에겐 인기가
좋았다. 차종도 외제차가 많아 기분을 낼 수 있다고 언
젠가 찰스가 말했다. 나는 절대 탈 리가 없겠지, 하면서
도 혹시나 하는 마음에 번호를 저장해두었다. 진도 7의
지진에 나라택시가 살아남았을라나 싶었다. 그런데 신
호음이 두 번 울리자마자 대뜸 들리는 말이, 때가 때인
지라 평소 요금의 세 배예요, 타실 거예요? 사기꾼은 호
랑이굴에 들어가서도 호랑이를 상대로 사기를 친다더
니. 나는 당황하지 않고 협상을 했다. 제가 내일 결혼식
이거든요. 좀 먼 곳에서. 그래서 공항에 가야 해요. 기사
님, 그냥 두 배만 쳐서 공항 갑시다. 진짜 운도 드럽게
없지 않나요? 결혼이 코앞인데 지진이라니. 남자친구

부모님은 신부한테 부정 탔다고 난리도 아니랍니다. 어이없지만 그래도 가서 해명을 할 기회는 있어야죠. 택시비 없어서 못 가면 제가 얼마나 억울하겠어요? 그러면 전 기사님을 평생 저주하면서 살 수도 있다구요. 기사는 잠시 뜸을 들이다가 한국 돈으로 환산하면 20만 원 정도 되는 금액을 불렀다. 시계를 보니 정오 직전이었다. 더 이상 택시 요금 때문에 실랑이를 해봤자 나만 손해였다. 공항은 안전하다는 것, 그것이 나를 어서 빨리 맨션에서 떠나고 싶게 만들었다. 기사는 15분 안에 맨션 앞으로 오겠다고 했다. 쓸데없는 것은 제외하고 얼마의 현금과 여권, 죽어도 버리기 싫은 옷 몇 가지를 챙겼다. 기사는 내 또래의 남자애였다. 그는 공항에 도착할 때까지 아무 말도 안 하고 운전만 하다가 돈을 받아 챙기고 나를 내려준 뒤 곧바로 떠났다. 그리고 그와 나는 출국 게이트 앞에서 마주쳤다. 그는 한국인이었다. 그 역시 가까스로 서울행 티켓을 예매하고 차를 몰아 공항으로 가려던 중에 내 전화를 받은 거였다. 출국 게이트 앞에서 나를 만나자 조금 민망해하던 그는 택시 요금의 절반 정도를 돌려줬다. 그래도 나 없었으면 공항에 못 왔을 거 아니에요. 공항까지 오는 내내 조용하

더니 말은 잘했다. 기사에게 돌려받은 돈으로는 면세점
에서 엄마 선물을 샀다. 다들 여행을 오면 하나씩 사 간
다는 마유크림이었다. 말의 지방을 짜서 만든 화장품이
라니. 내키지 않았지만 때를 탓하며 변변한 선물도 없
이 빈손으로 가고 싶진 않았다. 3시쯤 비행기에 올랐다.
자리에 앉자마자 엄마에게 문자를 남겼다. 그제야 마음
이 놓였다. 비행기는 30분 정도 늦게, 4시경 이륙했다.
나는 곯아떨어졌다. 내가 상공을 날고 있을 때 자하에
서는 2차 지진이 일어났다. 프랭키가 남아 있던 맨션은
하루 만에 다시 찾아온 지진을 견디지 못하고 무너져
내렸다.

  스낵바에서 나와, 담배를 태우며 밤거리를 걸었
다. 누군가를 두고 떠났다고 해서 죄책감을 느끼진 말
아요. 그 누구도 이튿날 더 무시무시한 지진이 올 거라
고 생각 못 했으니까. 스치는 인연 하나하나 가슴에 새
겨두면 그게 더 괴로워요. 미니의 마지막 말을 떠올렸
다. 미니는 직업상 이래저래 스쳐지나 가는 인연이 많
았을 터였다. 마음속에 사람을 들이고 내보내는 일이
나보다야 익숙하지 않을까 싶었다. 미니의 직업에 대한

편견일 수도 있었지만. 어쨌든 미니의 말은 맞는 말이
었다.

소주를 두 병쯤 마시면 프랭키 생각이 났다. 나
는 나만큼 취한 후재를 앉혀놓고 변명처럼 중얼거렸었
다. 운이 좋은 사람은 언제 어디서나 있는 건데. 그게 내
가 된 게 나빠? 자하에 가기 전까지 지진이라고는 어
릴 때 어디 과학관 가서 체험해본 게 전부였는데. 내가
무서운 건 당연하지. 원래 겁 많은 사람이 먼저 행동하
게 되어 있는 거잖아. 난 너무 무섭고 살고 싶다는 생각
이 들었다고. 살고 싶은 게 나빠? 생존 본능이 나빠? 후
재는 고개를 저었다. 맞어, 섞정아. 사람은 살고 싶은 게
당연하고 하고 싶은 게 당연해. 우리 이제 자러 갈까?
나 피곤해. 나는 고개를 가로저었다. 굳이 나를 위로하
려고 하지 않는 후재의 반응이 마음에 들었다. 후재야,
너 〈옆집 누나와 대관람차에서〉라는 야동 본 적 있어?
후재는 고개를 저었다. 그럼 〈동창생과 차 안에서〉는?
야, 그런 자극적인 제목에 끌려서 다운받으면 망해. 졸
라 재미없으니까 제목으로 쇼부 보려는 거지. 너 야동
보고 싶냐? 그게 아니라 확인해보고 싶은 게 있어서 그
래. 난 아무리 찾아도 없더라구. 야, 너 혹시…… 전 남

친한테 동영상이라도 찍힌 거야, 설마? 뭐래, 멍충아. 후재의 경박한 웃음소리가 생각났다. 자하의 밤거리를 걸으며 문득 후재가 보고 싶어졌다. 나한테는 후재가 깨어나리라는 막연한 믿음이 있었다. 그렇게 쉽게 갈 사람이 아닌데. 누군가 죽으면 그 사람의 주변 사람들은 곧잘 그렇게 말하지만. 후재가 딱 그랬다. 여기저기 참견하면서 웃고 떠들고 술 퍼마시고 그러다 여자랑 자 버리고. 후재는 자신의 삶을 사랑했다. 제 적성과 딱 맞는 인생을 살고 있던 후재였다. 그러니 절대 그냥 죽지는 않을 것 같았다. 나는 후재에게 그런 믿음이 있었다. 내가 좀만 더 변죽이 좋았다면 후재의 여자친구에게 말해줬을지도 몰랐다. 사실 저는 꽤 높은 확률로 김후재가 깨어난다고 봐요. 그 자식은 세상 사는 게 즐거운 놈이거든요. 절대 죽을 놈이 아니에요. 김후재가 일어나 또 헛소리해대면 그동안 흘린 눈물이 아까울걸요.

아르바이트를 했던 마트가 보였다. 문을 닫기 30분 전이었다. 그 시간쯤 가면 늘 팔다 남은 먹거리에 할인 딱지가 붙어 있었다. 술도 한잔했겠다 배가 슬슬 고팠다. 마트로 가서 캔 맥주와 새우튀김, 감자칩 스낵을 샀다. 계산대에 서서 마트를 둘러보았다. 5년이나 흘렸으니 새로운 사람들이 있는 게 당연했다. 지진이 다 끝나고 난 뒤에 동네를 걸을 때마다 주위를 두리번거렸어요. 혹시라도 아는 사람들과 마주칠까 싶어서. 한 사람이라도 더 만나고 싶어서. 미니가 그랬듯이 나도 확인을 하고 싶었다. 단 한 명이라도 좋으니까 5년 전의 누군가가 내 앞에 나타나주길. 그냥 막연하게나마 기대했다. 장을 보고 호텔로 돌아오는데 한국에서 전화가 왔다. 검찰청이었다. 302호 선생님이 애인을 지속적으로 감금 및 폭행한 죄로 재판을 받는다고 했다. (나를 폭행한 건은 폭행 미수로 처리되었다.) 담당 검사 측에서는 나에게 증인으로 재판에 참석해달라고 부탁했다. 302호 선생님은 전과범이었다. 전 부인에게도 폭력을 가해 이혼을 당했다고 했다. 아빠도 엄마와 이혼을 하고도 꾸준히 여자를 만났다. 어느 날 애인과 헤어졌다는 아빠의 말에 나는 그 여자도 때렸냐고 물었다. 아빠는 얼굴이 벌게졌다. 아무 말을 못 했다. 그래도 니 아빠가 너는 안 때렸잖아. 엄마는 종종 그리 말했다. 호텔에 돌아와 맥주부터 마셨다. 자하산의 연등은 더 이상 빛나지 않았다. 아빠에게 전화를 했다. 아빠, 나야. 어디니? 자하에 왔어. 잘했네. 아빠는 나 여기 있는 거 싫어했잖아.

싫어하긴, 걱정한 거지. 아빠, 요즘 만나는 사람 있어? 응…… 있어. 잘 좀 해, 성질대로 다 하지 말고. 미안해, 아빠가. 아빠, 난 엄마랑 둘이 살아서 좋아. 어차피 아빠랑 나랑은 같이 못 살아. 집안에 글쟁이가 둘은 좀 아닌 거 같아. 그건 그렇네. 끊을게, 그만 주무세요. 그래, 잘 자라. 나는 자하에 오래 머물 이유를 찾지 못했다. 다음날 서울로 돌아왔다.

4

후재는 여름이 되도록 자리에서 일어나지 못했다. 후재의 여자친구한테서 가끔씩 연락이 왔다. 후재 친구라고는 나밖에 모른다고 했다. 언니가 오빠랑 많이 친한 거 같아서요. 언니하고 오빠 얘기 하고 싶어요. 안 그러면 힘들 것 같아요, 저. 잠자코 이야기를 들었다. 후재가 나에게 그랬던 것처럼. 술에 취한 후재의 여자친구는 나에게 다른 남자가 좋아진다는 고백을 했다. 울먹이면서 정말 힘들다고 말했다. 김후재가 나쁜 놈이지, 뭐. 그렇게 오래 누워 있으니까. 여자친구 냅두고 동

면하는 것도 아니고, 나 참. 나는 내 방식대로 그녀를 다
독였다. 늦여름이 기승을 부리던 9월. 후재의 여자친구
는 후재에게 마지막 인사를 하고 다시는 후재를 보러
오지 않았다. 302호 선생님은 징역 2년을 선고받았다.
결혼 생활 3년 동안 폭력을 견딘 전 부인, 교제 기간 동
안 도를 넘는 의심과 협박, 폭력에 시달렸다며 울먹이
던 전 여자친구, 그 여자친구를 도와주려다가 목이 졸
린 나(폭행 미수가 되어버렸지만), 세 명의 증언이 있었다.
그 후에 소개팅을 세 번 했다. 한 건도 성공하지 못했다.
세 번 다 저녁에 만나 밥을 먹고 술을 마셨는데 지루했
다. 남자들은 하나같이 주선자들에게 개 술을 너무 먹
더라, 라는 얘기를 했다. 그중에 하나는 첫 만남 이후 연
락이 왔는데 결혼이 급해 보였다. 나는 그 남자의 결혼
상대로 어울리지 않았다. 미안해요, 전 아직 놀고 싶어
요. 소개팅도 좀 더 즐겁게 놀아보려고 나간 건데. 귀한
시간 낭비하게 해서 미안합니다. 얼마 전 일산의 서른
아홉 평짜리 아파트를 계약했다는 남자에게 했던 대답
이었다. 남자는 머뭇거리다가 전화를 끊었다. 후재와의
관계를 알고 있던 친구가 진지하게 말했다. 개랑 관계
는 이제 정리할 때야. 여자친구도 떠난 마당에 니가 개

기다리는 것도 웃기잖아. 너 걔 좋아해? 정확히 말하자면 후재에게 주절대던 시간을 좋아했다. 마치 버릇처럼 다시 자하에 다녀온 후기를 후재 앞에서 떠들어야 할 것 같았다. 그러니까 좀만 더 기다려보고 싶었다.

　　10월의 마지막 날. 동생의 생일이었다. 엄마와 나는 아빠의 집으로 갔다. 동생은 여느 열여덟의 남자애들처럼 방문을 닫고 게임이나 해대며 식구들하고는 말도 잘 섞지 않았다. 동생은 네 식구가 둘씩 따로 사는 이유를 별로 궁금해하지 않았다. 동생이 머리가 좀 컸을 무렵, 나는 동생에게 우리 남매가 떨어져 살게 된 이유를 말해줬다. 아빠가 엄마 때렸다고? 언제? 오랫동안, 너 초딩 때까지. 아, 뭐야…… 옛날얘기네. 나는 엄마에게 동생이 아빠처럼 될지도 모른다고 은근히 으름장을 놓았다. 엄마는 웃었다. 글쟁이 짓은 니가 따라 하잖아. 자기 닮은 자식들이 얼마나 힘들게 사는지 보는 게 니 아빠가 받는 벌이야. 동생은 엄마가 만들어 온 잡채를 잘 먹었다. 엄마한테 말은 한마디도 안 건네면서. 단숨에 세 접시를 먹어치우더니 잘 먹었다는 말도 없이 방으로 들어갔다. 나는 아빠를 쳐다보았다. 아빠도 이제 잡채 정도는 배우지그래? 아빠가 동생이 저 모양인 것은 먼저 이혼을 요구했던 엄마 탓이라 생각한다면, 나는 아빠가 그게 틀린 생각이었다는 걸 깨달을 때까지 아빠와 동생을 보지 않을 작정이었다. 그렇다고 아빠가 정말 그렇게 생각하는지 물어보지는 않았다. 잡채가 진짜 손 많이 가는 거 아빠는 모르지? 내 말에 아빠는 잡채를 한 젓가락 뜨다 말고 입맛만 다셨다. 엄마는 뭐가 그리도 즐거운지 웃으며 소주를 홀짝거렸다. 너 만나던 남자랑 헤어졌지? 엄마는 나를 쳐다보지도 않고 그리 물었다. 요즘엔 집에 잘도 들어오데. 그래서 걱정했다. 이 기집애가 또 차였나 싶어서. 만나던 남자가 뇌진탕 땜에 입원해 있어. 기집애가, 별 거짓말을 다 하네, 이제. 진짜야. 됐다, 이년아. 넌 어차피 시집가면 안 돼. 시집가서 글 쓴답시고 남편 속을 다 뒤집어놓을 거야. 글 쓰는 거 빼곤 아무것도 안 하면서 말이야. 아빠는 겨우 한입 넣은 잡채가 목에 걸렸는지 캑캑댔다. 나는 아빠의 잔에 소주를 채워 넣었다. 마셔가면서 드세요, 목 막혀.

후재를 찌른 것까지 해서 전과 6범이 되어버린 발리송은 겨울이 되도록 잡히지 않았다. 나는 웹진에서 주간 소설을 연재했는데 매주 마감 날을 맞추는 게 버거웠다. 12월, 겨울. 후재가 지난봄까지 출근하던 영화사의 피디에게서 연락을 받았다. 원래는 나한테 시나리오 각색 일을 맡기려는 전화였는데 어쩌다 보니 후재의 얘기가 나왔다. 영화사 사람들이 후재의 짐을 정리해서 두었는데 마음대로 처분하기가 뭐한 모양이었다. 짐을 차마 후재의 본가로 보내지는 못한 듯했다. 본가로 보내서 후재의 부모님이 병상에 있는 아들의 짐을 박스째 받아본다면 그것도 못 할 짓이었다. 나는 후재의 짐을 나한테 보내라고 했다. 피디는 후재와 내가 몸을 섞는 건 몰라도 막역한 사이라는 건 알고 있었다. 야, 김후재 이 자식 박스 안에 좋은 거 있더라. 내가 가지려다가 그냥 보낸다. 새끼, 음흉하다니까. 피디는 속없이 낄낄댔다. 나는 며칠 뒤 후재의 물건이 든 제법 큰 박스를 하나 받았다. 노트북, 피우다 만 담배 한 갑, 라이터, 제본된 시나리오 한 부, 영화사 로고가 박힌 텀블러, 삼선 슬리퍼, 볼캡 등이 들어 있었다. 그리고 DVD 한 장. 피디가 말한 좋은 것은 그것을 말하는 듯했다. 헐벗은 남녀가 뇌쇄적인 표정을 짓고 있는 커버. 대체 왜 회사 물건을 정리한 박스에서 포르노 DVD가 나오는 건지. 포르노의 제목은 〈이웃끼리 엘리베이터에서〉였다. 자극적인 제목의 포르노는 막상 보면 별거 없다는 포르노에 대한 지론을 갖고 있는 후재였지만 〈이웃끼리 엘리베이터에서〉는 마음에 든 모양이었다. 〈이웃끼리 엘리베이터에서〉를 재생시켰다.

한 남녀가 있다. 그들은 같은 아파트 이웃으로, 서로를 연모하지만 누구 하나 쉽게 고백하지 못한다. 어느 밤, 퇴근길 엘리베이터에 올라탄 여자. 닫히려던 문이 갑자기 열리고 볼캡을 깊게 눌러쓴, 추레한 차림의 남자가 탄다. 그러다 돌연 엘리베이터가 멈춘다. 고장이다. 여자는 비상 버튼을 누르지만 아무런 응답이 없다. 여자는 남자를 힐끔댄다. 남자가 거북한 눈치다. 천장의 등까지 깜빡인다. 곧 정전이라도 될 것처럼. 남자가 여자한테 다가온다. 그는 대뜸 고백을 한다. 501호 사시죠? 저는 602호 삽니다. 실은, 오래전부터 좋아했습니다! 여자는 남자를 두려운 눈빛으로 바라본다. 남자가 모자를 벗자, 뽀얀 피부의 잘생긴 얼굴이 드러난다. 여자의 눈빛이 금세 누그러진다. 엘리베이터가 멈춘 건 저한테 기회인지도 모르겠습니다! 남자는 얼굴이 붉어지도록 소리치고, 여자는 미소 짓는다. 여자는 남자에게 돌연 입을 맞춘다. 플래시백. 출근길, 엘리베이터에서 마주친 말끔한 행색의 남자를 힐끔대며 살포

시 웃는 여자. 다시 현재, 엘리베이터 안에서 정사가 시작된다. 남자는 언제 부끄러워했냐는 듯 여자를 강하게 당기면서도 섬세한 터치를 잊지 않는다. 여자는 남자의 마르고 단단한 몸을 껴안는다. 작가로서 〈이웃끼리 엘리베이터에서〉를 비평하자면 이야기 구조가 지나치게 단순하며 몸의 대화를 시작하는 순간도 그 계기도 급작스럽다. 그러나 남자배우의 연기는 훌륭했다. 오래전부터 좋아했습니다! 를 외치는 그의 눈빛은 첫사랑에 빠진 소년의 눈빛 같았다. 여자를 거칠게 몰아붙일 때는 온몸이 바스라지도록 그녀를 사랑하겠다는 의지가 느껴졌다. 플롯에는 여기저기 구멍이 나 있는데 배우의 연기로 그 구멍들을 다 메꾸었다. 처음으로 포르노를 보며 작품 같다는 생각이 들었다. 후재는 과연 〈이웃끼리 엘리베이터에서〉를 처음부터 끝까지 보았을까. 어떤 감상을 얘기할까. 그 답을 듣기 위해서는 어쩔 수 없이 후재가 깨어날 때까지 기다려야 했다.

　　발리송에게는 은신의 귀재라는 해묵은 수식어가 붙었다. 희대의 탈주범인 신창원처럼 발리송과 함께 살며 그를 돌봐주는 여자가 있다는 얘기도 돌았다. 발리송의 현상금이 제법 높아졌다. 야, 김후재. 너 찌른 놈

몸값이 얼마나 뛰었는 줄 아냐? 5천만 원이야, 5천만 원. 그 말을 전달하면 단순한 김후재가, 가오 안 서는 것은 죽어도 못 견디던 김후재가 돌연 눈을 뜨지 않을까 싶었다. 아니다. 후재는 눈을 감은 채 벌써부터 발리송을 쫓고 있을지도 몰랐다. 한 챕터를 실패하면 다시 그 챕터가 반복되는 게임처럼, 후재는 발리송을 잡을 뻔했다가 놓치는 걸 반복하고 있는 것은 아닐까. 그러느라 눈을 못 뜨고 있다고 생각하면 웃음이 났다. 후재라면 그럴 만도 했다. 후재가 보고 싶어졌다. 후재가 내가 했던 얘기들을 기억한 건 우연일 거라는 생각이 들었다. 우연하게도 내 얘기들이 후재의 머릿속 가장 깊은 곳에 잠재되어 있다가 가장 높은 곳까지 불현듯 튀어 올랐을지도 몰랐다. 우연하게도 후재는 왠지 모를 익숙함에 〈이웃끼리 엘리베이터에서〉라는 제목에 꽂혔을지도 몰랐다. 후재에게 찾아온 그 우연들이 다행스러워졌다. 잠들어 있는 후재가 도주범 발리송을 잡는 데 열을 올리는 것 말고, 열세 살로 돌아가 깡촌의 논에서 트랙터를 몰고 다니는 꿈을 꾼다면 좋을 것 같았다. 운전이 서툴러 아버지에게 욕을 실컷 얻어먹는 꿈을 꾼다면. 그래서 진저리를 치며 눈을 뜬다면. 서른세 살의 후재가

바보처럼 겁에 질린 눈을 하고 나를 바라본다면. 그런
다면, 나는 잠자코 후재의 손을 잡을 생각이었다. 후재
야, 이젠 너를 괴롭히는 고물 트랙터는 없어.

끝나가는 시절

호떡을 하나 사 먹으며 그를 기다렸다. 공연장 안에서 기다릴까 하다가 괜히 스토커처럼 보일까 봐 나와버렸다. 영하로 떨어진 날씨가 방금 그와 악수를 나눈 오른손을, 그의 손을 맞잡았을 때는 따듯하기 그지없던 손을 금세 얼려버렸다. 공연장 입구를 힐끔거리며 언 손에 입김을 불어넣고 있을 때, 문이 열리고 부스스한 단발머리가 보였다. 그는 얇은 점퍼 하나만 걸치고는 작은 몸을 잔뜩 웅크린 채 잰걸음으로 어디론가 향했다. 그의 발걸음이 상수동의 설렁탕집 앞에서 멈췄을 때는 실망했다. 내심 그가 맨날 가는 단골집 말고 더 좋은 곳으로 향하기를 바랐다. 설렁탕집에 따라 들어가 별로 좋아하지도 않는 설렁탕을 깨작깨작 먹고 싶지 않았다. 그곳에 앉아 소주 한 병을 비워내는 그를 보고 있는 것은 때마다 괴로웠으니까. 그 힘없는 얼굴을 보고 있자면 나도 한잔 주면 안 되겠냐고 넉살 좋게 물어볼 용기가 나지 않았으니까. 그래도 습관처럼 그를 따라 들어갔다. 자리에 앉는 그를 보고 그 대각선 맞은편에 앉았다. 그럴 용기도 없으면서 확인해보고 싶었던 것을 설렁탕집 이모가 대신 물어봐주었다. 오늘은 많이 팔았는감. 그의 입이 열리는 그 짧은 순간, 마음이 바짝 졸아들었다. 당연하죠. 가져간 거 다 팔았어요. 오늘 여기서 소주 세 병은 깔지 몰라요. 그가 웃었다. 다행이었다. 사람들이 그를 외면하지 않았다는 것이.

너 리액션이 없지 왜 자꾸만 도망가 나 혼자만 적극적 오 샤이보이. 송원은 이렇게 불현듯 가사 한 구절이 떠오를 때마다 행복했다. 사장님, 춘장에 침 튀어요. 종업원 민희가 쏘아붙였지만 뭐 어떠랴. 기분 좋을 때 나오는 아밀라아제는 맛있는 춘장을 만드는 비법 중 하나였다. 주걱째 춘장을 떠서 맛을 보았다. 끝내준다,

흐흐흐. 오늘은 민희가 우리 사장은 잘생긴 바보야, 라고 몰래 통화하는 것을 들어도 상처받지 않을 것 같았다. 민희야, 잘생겼다고 해줘서 고마워. 아이돌 그룹 릴리걸스가 데뷔 5주년을 맞이해 가사 공모전을 개최한다고 했다. 송원은 이번을 기회 삼아 잠자고 있던 음악적 재능을 되살려보고자 했다. 민희야, 내 가사가 뽑히면 어떡하지. 그럼 릴리걸스도 만나야 하는데, 떨려. 민희는 대꾸도 않고 소독기에서 수저를 꺼내 마른 수건으로 닦았다. 계족반점의 사장 김송원은 그런 사람이었다. 눈치 없고, 쪽팔린 거 모르고, 우울한 거 모르는. 조부 때부터의 가업인 중국집을 뒤로한 채 음악 한다고 지방 음대에 갔다가 군 제대 후 복학하려던 즈음, 가게를 짊어졌던 엄마가 쓰러지면서 서울 석관동의 계족반점으로 돌아왔을 때도 그랬다. 음악은 다시 하면 되지, 뭐. 그러나 스물세 살부터 시작한 계족반점 사장 노릇은 서른하나가 되도록 딴짓할 여유를 주지 않았다. 처음 몇 년은 먹기만 했지 해본 적은 없는 요리를 배우느라, 그 후에는 끊어진 손님들을 다시 모으느라, 그다음은…… 병원에 있는 엄마도 돌보고, 같이 일하는 민희도 짝사랑하고, 동네 상인들과 술잔도 기울이고, 여자친구도 사귀고, 그러다 차이고 바쁜 8년을 보내느라 음악은 뒷전이었다. 그래서인지 오랜만에 가사 좀 써보겠다고 굴리는 머리가 잘 돌아가지 않았지만 오늘은 운좋게도 2절의 첫 마디 가사가 생각났다. 첫 출근을 한다던 배달원도 왠지 좋은 사람일 것 같았다. 송원은 그런 사람이었다. 하나가 좋으면 그다음도 좋을 거라 믿는.

점심 배달이 시작되는 11시 반을 지나 12시가 되었다. 10분 전에 배달 전화를 받고 곧 갖다드리겠다고 말한 송원은 민희에게 한 소리를 들었다. 배달할 사람도 없는데 주문부터 받음 어떡해요? 이 사람은 대체 왜 안 와. 전화번호 몰라요? 전화번호를 받는다는 것을 잊고 있었다. 끝내주는 사람을 소개해준다던 전임 배달원의 말만 믿고 있었다. 규식 오빠한테 또 속은 거예요? 돈 빌려준 것도 못 받았죠? 아니다, 민희야. 민희 너는 얼굴은 고운데 마음이 좀 삐뚤어졌어. 그리 말하려는데 가게 문이 열렸다. 벙거지 모자를 깊게 눌러쓴, 덩치 작은 사내가 들어왔다. 혹시 새로 오신다는 분…… 맞아요? 민희가 물었다. 사내는 대꾸 대신 모자를 벗었는데 사내라고 하기엔 뭐한 말간 소년이 서 있는 것 같았다. 덥수룩한 곱슬머리 아래로 언뜻 보이는 눈망울은 어딘가 익숙했다. 송원은 사내에게서 눈을 뗄 수가 없었다. 예의 그 바보 같은 표정으로 그를 바라보았다. 그가 나타났다. 10년 만에.

그의 활동명은 '유키'. 음악은 PC통신 전성기였던 90년대 후반, 천리안의 인디음악 동호회에서 시작했다. 나직하게 속삭이는 듯한 창법, 잔잔한 선율과 가사, 덤으로 귀염성 있는 얼굴까지. 그는 천리안에 작게나마 팬클럽이 생길 정도의 인기를 얻고 홍대 클럽을 전전하며 공연을 했다. 작곡한 몇몇 곡이 표절 의혹을 받던 중 반반한 얼굴 덕에 아이돌 제안을 받았다. 모로 가도 메이저 입성만 하면 된다고 그는 춤을 추며 노래하기로 결심했다. 결국 누군가의 아류 냄새가 나는 2인조 힙합 아이돌로 데뷔했고 망했다. 인디 신으로 다시 돌아가기가 민망해진 그는 먹고살기 위해 퀵 배달을 시작했는데 이게 또 적성에 맞았다. 작지만 단단한 몸으로 큰 차들을 피해 오토바이를 탔다. 얼마 전까지 월 매출 2천을 찍는 중국집에서 일하다가 급여를 올려주지 않겠다는 사장의 말에 열받아서 초봉부터 제법 쳐준 계족반점으로 오게 된 터였다. 10년 가까이 이런저런 배달 일을 하며 단 한 번도 저를 알아보는 사람을 만난 적이 없던 그였다. 그런데 새로 출근한 가게에서 자신을 반기는, 눈물이 글썽한 젊은 사장과 마주쳤다. 남자 새끼가 간지럽게 왜 저래. 그는 남사스러운 기분을 숨기고 자기를 소개했다. 본명으로. 박만우입니다. 반갑습니다. 젊은 사장은 여전히 감격스러운 얼굴로 그를 바라보았다. 요 앞 다복빌라부터, 빨리요. 새초롬하게 말하는 종업원의 얼굴이 살짝 붉었다. 사장이나 종업원이나 첫인상은 별로였다.

계족반점의 새로운 배달원 박만우가 30분 동안 다섯 집을 찍고 왔을 때, 갓 내놓은 짬뽕 두 그릇을 철가방에 넣고 다시 나갔을 때 양파를 까고 있던 송원과 민희는 혀를 내둘렀다. 규식 오빠가 괴물을 보냈네. 송원은 민희 말에 저도 모르게 웃음이 났다. 저 형, 노래도 엄청 잘한다? 들려줄까? 송원은 냉큼 일어나 CD 한 장을 찾아 카운터 구석에 처박혀 있던 구식 오디오에 넣었다. 듣기 좋은 나른한 목소리가 흘렀다. *잊지 말아요 짧은 순간이지만 이대로 구름을 타고 너에게로 가고 싶…….* 그러다 돌연 쇠벽을 긁는 듯 기분 나쁜 소리가 들렸다. CD가 삑사리를 다 내네. 송원은 CD를 꺼내 조심스럽게 입바람을 불며 먼지를 털어냈다. 민희가 심

드렁하게나마 감탄했다. 목소린 좋네. 꼴은 거지꼴이더
니. 송원은 어린애처럼 신이 났다. 나 중국집 안 했으면
음악 했을 거랬잖어. 유키 형처럼 됐을 거야. 민희가 칼
질을 멈추고 턱을 괴고는 송원을 빤히 보았다. 우리 사
장님은 진짜 연예인감인데. 눈이 큰데 길기도 하고, 코
는 거의 일반인의 것이 아니지. 목소리도 저음에다 멋
지고. 근데요, 사장님. 희주 언니가 사장님 뭐라고 부르
는지 알아요? 희주라면 송원과 사귀다가 한 달 전에 헤
어진 요 앞 미용실 직원이었다. 칠칠이예요, 칠칠이. 사
장님 얘기만 나오면 그 칠칠이, 머리는 좀 좋아졌냐고
물어보던데. 맞어, 희주랑 사귈 때 내가 좀 칠칠맞았어.
희주가 하는 말 자꾸 까먹구. 야, 우리 오늘 파티 할까?
유키 형 첫 출근 기념으로. 민희가 자기 할당량이었던
양파들을 바구니째 송원의 앞으로 밀었다. 담배 피우고
올게요. 송원은 혼자 남은 가게 안에서 다시 한번 유키
의 노래를 틀었다. *잊지 말아요 짧은 순간이지만 이대
로 구름을 타고 너에게로 가고 싶…….* 또다시 기분 나
쁜 소리를 내며 노래가 끊겼지만 자꾸만 웃음이 났다.

　　　엄마 연옥이 사장 자리를 지키고 있던 시절, 송
원은 물었다. 내가 여길 이어받아야 돼? 술 퍼마시다 객

사한 남편을 보내고 홀로 춘장을 볶던 연옥은 송원이
싫다면 계족반점을 물려줄 생각이 없었다. 그녀는 이름
한번 들어본 적 없는 지방 음대에 합격한 송원을 위해
기꺼이 등록금을 내주었다. 그런데 굳건히 계족반점을
지킬 것 같던 연옥은 당뇨합병증으로 중풍이 와 오십
대 초반의 나이에 병원 신세를 지게 되었다. 그때껏 철
없이 지내왔던 송원은 결심했다. 엄마, 나 가게 할 거야.
젊고 잘생긴 사장 할 거야. 그 후 2년 정도 계족반점은
파리만 날리다가 송원이 점차 손맛을 익히자 끊겼던 손
님들이 찾아왔다. 동네 점집 '청녀'의 박설은 풍수지리
상 계족반점은 망할 수가 없다고 했다. 가게 맞은편에
는 문화재로 지정된 의릉이, 위쪽으로는 대학교가 있었
다. 의릉의 신성한 기와 본래 안기부였던 터의 음기를
덮어버린 학생들의 활기까지, 그런 좋은 기가 계족반점
에 전달될 거라고 박설은 말했다. 잘생긴 사장님 잘되
라고 내가 빌어줄게. 송원은 그 말을 철석같이 믿었다.

   송원이 데면데면하게 구는 만우의 눈치만 보다
가 술 한잔하자는 말을 꺼낸 건 만우가 계족반점에 온
지 한 달이 다 되어가던 때였다. 그날 밤 송원은 열대야

때문에 도무지 잠을 이룰 수가 없었다. 송원이 지내는 가게 안의 쪽방에는 엄마 연옥 때부터 쓰던 고물 에어 컨이 달려 있었지만 소리만 요란할 뿐 좀처럼 시원해지지 않았다. 보다 못한 민희가 혀를 차며 선풍기 한 대를 사 왔지만 장마가 끝난 8월 중순의 폭염에는 맥을 못 추었다. 송원은 끊었던 담배가 간절해졌다. 멘톨 향 나는 담배 하나면 머릿속이 좀 시원해질 것도 같았다. 결국 지갑을 들고 가게 밖으로 나왔는데 보신탕집이 있는 뒷 골목이 소란스러웠다. 보신탕집 사장을 비롯해 지구대 경찰들, 방송용 카메라를 든 사람들 등 열댓 명이 모여 있었다. 누군가 보신탕집이 몇 년간 불법 영업 해온 것을 제보한 모양이었다. 개는 어떡할 겁니까? 경찰 한 명이 물었다. 보신탕집 마당 구석에 엎드려 있는 골든리트리버의 이름은 꼭지, 암컷이었다. 곱슬곱슬한 크림색 털은 목이고 엉덩이고 전부 엉겨 있었지만 살집은 좋아 보였다. 방 씨가 데려가든가. 보신탕집 사장은 모든 걸 체념한 듯한 얼굴이었다. 신이 난 건 꼭지를 볼 때마다 그냥 지나치지 못하고 입맛을 다셨던 탕약집 방 씨였 다. 아저씨, 제가 키우면 안 돼요? 송원이 나서지 않았 으면 꼭지는 개소주가 됐을 터였다. 예쁘게 잘 키울게요. 카메라는 벌써 송원을 찍고 있었다. 꼭지가 제 이마를 긁어주는 송원의 발목을 핥았다. 흐흐흐, 간지러워. 스쿠터를 타고 가던 만우가 멈춰 서 그 광경을 보았다.

송원은 꼭지를 가게 앞에 앉혀두고 주방 가위를 들고 나왔다. 저 엉긴 털부터 잘라내고 싶은데 자신이 없었다. 저에게 꼬리 치는 꼭지의 몸에 가위를 댔다가 뗐다가 우물쭈물거렸다. 좀 더 작은 가위 없어요? 슬그머니 만우가 나타났다. 송원은 가위를 든 채로 울상이 되었다. 형, 나 개는 키워본 적 없어요……. 대책 없는 새끼. 만우는 속으로 읊조렸다. 주방으로 가 직접 가위를 찾아 들고 온 만우는 그 가위로 꼭지의 마구 엉긴 털을 조심스럽게 잘라내었다. 꼭지야, 기분 좋아? 형은 왜 그렇게 재주가 많아요? 만우는 쪼그리고 앉아서 바보 같은 미소를 짓고 있는 송원이 짜증 났다. 마침내 엉겨 붙은 털들이 바닥에 수북이 쌓이고 꼭지의 맨몸이 드러났다. 이 자식 밥 먹여야겠다. 형, 우리도 소주 1병? 애인과 싸우고 애인의 집에서 나온 만우는 하룻밤 지새우며 술 마실 곳을 찾아 동네를 어슬렁대던 터였다.

고깃국을 한 대접 먹은 꼭지가 가게 바닥에 엎드려 졸았다. 네 병째 소주를 따던 송원이 만우를 보고 배시시 웃었다. 형, 나는 형이 멋있어요. 음악도 잘하고, 잘생기고, 오토바이도 잘 타고, 가위질도 잘하고. 저러 다 고백하는 놈들이 있었다. 만우의 경험상으로는. 제 얼굴이 좀 예쁘장하게 생긴 건 인정하지만 그래도 그놈 들은 예의가 없었다. 이놈도 그럴까. 형처럼 음악 하며 살 줄 알았어요. 홍대 클럽 같은 데서 공연도 하고, 앨범 한 장 팔릴 때마다 기뻐하면서. 그 돈으로 소주도 사 먹 고. 이놈은, 이 젊은 사장 놈은 취기로 고백하던 예의 없 던 놈들과 달랐다. 만우가 제일 혐오하는 낭만파 새끼 였다. 앨범 한 장 판 돈으로 소주 사 먹는 기분이 얼마나 좆같은데. 물려받은 가게로 잘 먹고 잘 사는 놈이 뭘 알 까. 술이 확 올랐다. 담배가 생각났다. 형, 다시 음악 하 면 안 돼요? 그 말을 끝으로 송원은 테이블 위에 고개를 처박았다. 만우는 송원의 뒤통수를 잠시 노려보다가 가 게 밖으로 나갔다. 새벽 3시. 날이 더웠다. 열대야는 여 전히 밤공기 사이를 배회하고 있었다.

　　송원이 막 스무 살이 되던 해 만났던 시로유키. 눈썹 위로 바짝 올라간 앞머리를 고수하던 소녀. 그와 송원은 천리안의 유키 팬클럽에서 만났고 서로를 이름 대신 아이디로 부르곤 했다. 송원은 시로유키를 줄여서

'시로'로, 시로는 송원을 그의 아이디 파네텀pinetum(소나
무 재배원, 즉 송원)으로 불렀다. 시로는 유키 팬클럽의 첫
정기 모임 때 송원을 보고 반해버렸다. 송원이 자기 별
명이 잘생긴 또라이, 미남 바보라고 고백했는데도 시로
는 그가 좋다고 했다. 둘은 2년 정도를 열렬히 사랑했
다. 그들은 유키의 노래를 들으며 몸을 섞는 것을 좋아
했다. 꼭 셋이 하는 것 같아, 그치. 송원은 저만큼이나
유키를 사랑하는 제 여자친구가 좋았다. 그렇게 유키
를 매개로 사랑을 나누던 둘은 인디 신에서 유키의 작
업물에 대해 말이 많아질 즈음 끝이 났다. 송원이 볼 때
는 시로를 포함한 많은 사람이 오해를 하고 있었다. 니
가 나랑 만나서 자고, 먹고, 놀고 그런 일들이 다 우연이
야, 우리가 만난 것 자체가 결국엔 우연이라고. 송원은
그렇게 시로를 설득했다. 유키의 노래 중 몇 곡이 일본
의 어느 인디밴드 노래와 비슷한 건 다 우연일 뿐이었
다. 아무리 예술가라 한들 사람들 생각은 다 거기서 거
기가 아닐까. 이미 이 세상에는 '완전 새거' 따위는 없
는 게 아닐까. 유키를 트집 잡는 사람들은 창작 같은 거
해본 적 없는 사람들일 거야. 암것도 모르면서. 그 말에
시로는 화를 내며 헤어지자고 했다. 야, 너 잘생긴 바본

줄 알았더니 말 잘한다? 꺼져. 송원은 바보는 시로 너라
고 대꾸해주고 싶었지만 헤어지는 마당에 굳이 상처를
주고 싶지 않았다. 유키 팬클럽은 잠정 폐쇄되었고 송
원은 다른 인디음악 커뮤니티를 돌아다니며 유키가 표
절하지 않았음을 주장했지만 외롭고 어려운 투쟁이었
다. 사람들은 유키에게서 쉽게 등을 돌렸다. 그 뒤 유키
는 그런 사람들 보란 듯이 메이저 데뷔가 결정 났고 그
가 본때를 보여주겠지 기대했던 송원은 유키의 데뷔 무
대를 보고 홀로 울었다. 힙합 그룹이라니. 그것도 당시
최고가를 치던 일본의 2인조 힙합 그룹 '엠플로'를 따라
한. 유키는 절대 저렇게 전자음 입힌 목소리로 노래를
부르는 가수가 아니었다. 형, 이상한 춤 좀 추지 마. 하
나도 안 멋있단 말야. 송원은 시로와 헤어졌을 때보다
더 많이 울었다. 제 세상을 지탱하고 있던 하나의 축이
무너져버렸다.

　　9월 중순에도 열대야는 계속되었다. 쪽방의 고
물 에어컨은 배달 오토바이처럼 덜덜덜 방정맞은 소리
를 내더니 완전히 맛이 가버렸다. 송원은 더운 밤을 선
풍기 하나, 죽부인 하나로 버텼다. 홀에서 자는 꼭지에

게는 대형견용 쿨매트를 깔아주고 선풍기를 틀어주었
다. 혹시나 덥지 않을까 종종 확인을 해보면 옅게 코가
지 골며 잘도 잤다. 잠을 못 이루는 것은 송원뿐이었다.
〈샤이보이〉의 다음 가사는 더 이상 떠오르지 않았다.
CD플레이어를 찾아 유키의 노래를 들었다. 그러다 새
벽 서너 시쯤 겨우 잠이 들었다.

꼭지는 삼시 세끼 고기를 먹으며 점점 더 통통해
져갔다. 만우가 손질해준 크림색 털은 곱게 자라났다.
가게가 한창 바쁠 시간에는 한번 쓰다듬어주는 것조차
잊었으므로 송원은 꼭지가 자유롭게 돌아다니도록 내
버려두었다. 꼭지는 근처 대학교까지 올라가 놀다 오곤
했다. 학교 애들에게 예쁨을 받는 모양이었다. 종종 영
업이 끝날 때까지 돌아오지 않는 때도 있었는데 송원이
슬슬 찾으러 가볼까 하면 그 큰 엉덩이를 실룩대면서
돌아오는 모습이 보였다. 민희는 사람 먹는 것을 얻어
먹고 다닌다고 걱정했지만 하루 종일 놀다가 들어온 꼭
지는 행복해 보였다. 송원은 그게 좋았다.

계족반점은 향우회 단체 손님을 마지막으로 금
일 영업을 끝냈다. 홀로 남은 송원은 아직 꼭지가 돌아
오지 않았음을 깨달았다. 낮에 대학교 쪽으로 가는 걸

봤지만 지금은 밤 10시가 다 되어가고 있었다. 송원은 가게 문을 단속하고 배달용 오토바이에 탔다. 우선 대학교로 향했다가 석관동 일대를 구석구석 뒤졌지만 꼭 지는 그 숨기기도 힘든 큰 몸으로 어디에 들어앉은 건지 보이질 않았다. 그러다 점집 '청녀'를 지나쳤고 집 앞에 나와 담배를 태우고 있는 박설과 마주했다. 잘생긴 사장님 오랜만이네. 박설은 울고 난 듯이 쉰 소리를 냈다. 그 목소리는 점쟁이 청녀 박설의 무기 중 하나였다. 신내림을 받지 않고도 그 희귀한 목소리로 용한 점쟁이인 척 사람들을 홀렸으니까. 송원만 해도 박설의 말대로 매상을 올려준다는 부적을 사서 가게에 붙여놓았다. 누나, 나 얼굴 되게 좋아진 것 같지 않아요? 있잖아, 나 누나가 만날 거라던 귀인을 만났거든. 박설은 송원을 보며 피식 웃었다. 내가 잘될 거라 했잖아. 사장님은 얼굴에 복이 많아. 송원은 기분이 좋아졌다. 박설이 내뱉은 멘톨 향의 연기 때문인지도 몰랐다. 조만간 짬뽕 먹으러 와요, 누나. 소주 서비스 줄게. 송원이 다시 오토바이에 타려는데 박설이 신은 회색 스니커즈가 눈에 들어왔다. 신기하다, 누나도 이거 신네. 요즘 유행인가. 우리 유키, 아니 배달하는 형님도 이거 자주 신거든요. 유행이면 나도 하나 사서 신을까. 박설은 대꾸하지 않았다. 오토바이 시동을 걸고 송원이 박설을 향해 손을 흔들었다. 조용한 골목에 오토바이 소리가 요란하게 퍼졌다. 박설은 담뱃재를 땅바닥에 튕기며 괜히 같은 자리를 서성였다. 그녀가 발을 뗄 때마다 회색 스니커즈가 헐떡였다. 마르고 주름진 발뒤꿈치가 보였다가 사라지길 반복했다.

　　시간은 잘만 흘러서 10월이 되었다. 꼭지를 찾는 전단지를 돌리고 올 때면 송원은 늘 괴로운 마음이 들었다. 바쁠 때는 가게 앞에 묶어두고 한가해지는 틈을 봐서 산책시켰어야 했는데. 그 덩치 큰 애가 이리도 눈에 안 띌 수 있을까. 송원은 영업이 끝나면 밤마실 다니듯 배달 오토바이를 타고 동네를 몇 바퀴 돌았다. 꼭지는 이제 석관동에 없다는 걸 알면서도 매일 밤마다 나갔다. 그러다 어느 밤, 송원의 바람대로 제법 서늘한 공기가 느껴지던 10월의 밤. 송원이 오늘을 마지막으로 밤마실은 관둬야겠다는 마음을 먹고, 가게 문을 잠그는데 매끈한 모터 소리가 들렸다. 만우가 스쿠터에서 내리지 않고 담배에 불을 붙이다가 송원을 보았다. 지갑을 두고 가서…… 송원은 가게 문을 다시 열고 카운

터 서랍에 잘 뒀던 만우의 지갑을 갖고 나왔다. 스쿠터
샀어요? 예쁘다. 만우는 어울리지 않게 힘없이 웃는 송
원을 보다가 괜히 마음에도 없는 소리를 내뱉었다. 타
볼래요? 만우는 당연히 너 혼자 동네 몇 바퀴 돌고 와
라, 그런 뜻이었다. 그런데 송원이 불쑥 뒷자리에 올라
타 만우의 허리를 잡았다. 이 새끼 진짜 눈치 없고 재수
없고 남사스러워. 만우는 짜증이 났지만 그냥 이러고
한두 바퀴만 돌자 싶었다. 오늘은 왠지 그래야 할 것 같
았다. 만우의 스쿠터는 제 새 주인을 닮아가는 건지 작
은 몸집으로 날쌔게 달렸다. 송원은 양팔을 넓게 벌리
고 찬 공기 속 바람을 느꼈다. 스쿠터는 한적한 골목에
서 멈췄다. 만우는 담배를 하나 꺼내어 물다가 송원에
게 권했다. 송원은 순간 '5년 금연'의 기록을 깰까 말까
다른 때보다 더 오래 망설였다. 담배는 이내 만우의 입
에 물려졌다. 끊었댔지, 이거 마실래요? 만우는 제 점
퍼 주머니에서 팩 소주를 꺼내 내밀었다. 송원은 이번
엔 망설이지 않고 받아 빨대를 꼽고 소주를 한입 빨아
들였다. 어떻게 담밸 끊지, 독하네. 만우는 오늘은 저 젊
은 사장보다 제가 더 말이 많은 것 같았다. 역시 사람은
켕기는 일을 하고 살면 안 되는 거였다. 기분이 영 구려

져서 얼른 돌아가야겠다 싶었다. 형, 10년 전엔 멘톨 피웠잖아요. 언제 바꿨어요? 그런데 젊은 사장이 또, 불쑥 옛날 얘기를 꺼냈다. 만우는 담배를 튕겨냈다. 씨발, 저 새낀 잊을 만하면 저러더라. 켕기는 거고 뭐고 불쾌해져서 스쿠터에 시동을 걸려고 하는데 눈치 없는 젊은 사장은 계속 나불댔다. 멘톨도, 설렁탕도, 단발머리도…… 다 형 때문이었어요. 그 순간 만우는 불쾌함을 넘어서 끔찍한 기분에 휩싸이는 것을 느꼈다. 니놈 시간 여행에 나 좀 끌어들이지 마. 끔찍한 새끼. 또 얼마나 낭만을 떨려고.

송원이 아직 시로와 사이가 좋았던 무렵. 장염에 걸렸다던 시로를 두고 홀로 유키의 공연을 보러 갔다. 유키의 신곡 〈매직 아워〉를 처음 선보이는 공연이었다. 기대만큼이나 유키의 새 노래는 좋았다. 공연이 끝나고 대체 매직 아워가 무슨 뜻이지 싶어 원하지 않는 배설과 사투 중인 시로에게 전화를 걸었다. 해 질 때, 막 되게 부드럽고 따뜻한데 파랗고 그런 순간 있잖아. 아주 잠깐. 그 말을 듣고 보니 유키의 신곡 〈매직 아워〉의 가사가 더 아름답게 느껴졌다. *잊지 말아요 짧은 순간이지만.* 공연 후 유키는 조촐하게 마련된 부스에서 직접 제작한 앨범을 팔았다. 송원은 그 누구보다 먼저, 시로 것까지 두 장의 앨범을 사고 유키에게 사인까지 받았다. 수줍게 악수도 했다. 그리고 송원을 마지막으로 유키의 앨범을 사 가는 이는, 유키에게 악수 한번 청하는 이는 없었다. 바로 옆 부스에서 당시 인디 신 최고의 인기 밴드 '엽문' 역시 새 앨범을 팔고 있었으니까. 유키는 준비해 온 서른 장의 앨범 중 스물여덟 장을 안고 설렁탕집으로 갔다. 설렁탐집 이모는 알아서 소주 한 병과 설렁탕을 내왔다. 딱 방금 팔린 앨범 두 장의 값이었다. 씨발, 그렇게 비싼 것도 아닌데 좀 사주지. 눈물이 도는데 이모가 서비스라며 메밀전이 담긴 접시를 내밀었다. 공연 끝나고 온 겨? 오늘은 많이 팔았는 감. 저 정 넘치는 충청도 말투 앞에서 울긴 싫었다. 당연하죠. 가져간 거 다 팔았어요. 오늘 여기서 소주 세 병은 깔지 몰라요. 억지로 웃었는데 이모는 그 웃음이 좋은지 깔깔대다 주방으로 들어갔다. 유키는 설렁탕 국물을 한두 입 떠먹다가 말고 담배를 물었다. 멘톨 향이 머리에 퍼지면서 잠시 기분이 좋아졌다가 말았다.

    앨범이 다 팔렸다고 하니까 진짜 좋았어요. 나 같으면 들떠서 클럽 같은 데 가서 그 돈 다 썼을 텐데.

형은 평소처럼 소주 마시는 것도 멋있고. 형 피우는 담배가 좋아 보여서 같은 담배도 피워보고. 시로…… 그때 사귀던 여자친구가 나는 단발이 안 어울린다고 했는데 그래도 길렀어요. 난 형이 뭘 하면 다 멋있고 나도 그런 거, 그런 노래 하고 싶었어요. 아, 형. 나 민희가 결혼하기 전까지 민희 좋아했어요. 그니까 뭐 형한테 무슨 감정 품고 그런 거 아니에요. 그냥 형 노래가 좋아요. 씨발새끼. 저 새끼는 정말 씨발새끼야. 만우는 순간 10년 전에도 참아냈던 눈물이 나올 거 같았다. 혼자 추억과 낭만에 빠진 송원의 다음 말이 정확히 예상되어 미칠 거 같았다. 형, 음악 다시 하면 안 돼요? 그 말 덕분에 만우는 더 이상 제 젊은 사장에게 켕기는 마음 따위는 갖지 않기로 했다.

　　얼마 전, 아직 늦더위가 가시지 않았던 날. 탕약집 방 씨가 배달을 갔다 돌아오는 만우를 불러 세웠다. 애타는 변명이었다. 우리 늦둥이가 아토피를 앓는데 크고 혈통 좋은 놈을 골라 개소주를 끓이면 좋다더라. 꼭 지 그놈이 요즘 더 튼실해진 게 다른 개는 눈에도 안 찬다. 시장 나가도 그런 개는 팔지도 않는다. 댁네 사장이 형씨를 많이 따르는 거 같던데 말 좀 잘해달라. 애원하다시피 제게 말하는 방 씨에게 연민이라도 품은 게 아니었다. 만우는 그저 현실적으로 흥정을 했을 뿐이었다. 며칠 전 중고 바이크를 파는 사이트에 갖고 싶던 스쿠터가 올라왔다. 단종품이라 프리미엄이 붙어 수중에 있는 돈으로는 무리였다. 딱 50만 원이 부족했다. 얼마까지 줄 수 있냐는 만우의 말에 방 씨는 30…… 이라고 말 끝을 흐리다가 만우가 별 반응이 없자 40을 불렀다. 60, 아니면 됐구요. 방 씨는 돌아서려는 만우를 붙잡았다.

모처럼의 휴일이었다. 송원이 목욕탕에 갔다가 돌아왔을 때 민희가 가게 문 앞에서 서성이고 있었다. 우리 민희 소주 1병 생각났구나? 웃겨, 우리 민희는 뭔데요. 담배를 태우던 민희가 잔기침을 해댔다. 송원은 코를 킁킁대며 문 앞 의자에 앉았다. 담배 바꿨네. 잠시 정적이 흘렀다. 그 틈을 참지 못한 송원은. 가지소스 새로 만들었는데, 먹어볼래? 민희는 담배꽁초를 재떨이에 비벼 연기를 잠재웠다. 사장님 되게 못 미더운 거 알죠? 알아, 민희 넌 되게 믿음직하고. 민희가 어이없다는 듯 웃었다. 갈래요, 들어가요. 의자에 앉은 채로 송원이 손을 흔들었다. 발을 떼려던 민희가 멈칫했다. 전부터 궁금했는데 어쩌다 계족반점이 된 거예요? 송원은 대답을 않고 웃음을 참듯 입가를 씰룩였다. 뭐예요, 빨리 말해줘요. 흐흐흐, 그거 우리 할아버지 이름이야. 네? 전전 사장님 이름이……. 맞어, 계족이야. 김계족. 이번에는 민희의 입가가 씰룩였다. 결국 순간 웃음이 새어 나왔다. 미안해요, 웃어버렸네. 가게 이름 바꿔볼까 고민하다 관뒀어, 흐흐흐. 잘했네, 난 계족반점이 좋아요. 민희는 새 담배를 꺼내 불을 붙였다. 사장님. 응? 나 남편이랑 헤어지려구요. 그 사람 의심병이 또 도졌거든요. 송원은 당황했고 뭐라 대꾸해야 할지 몰라 고민했다. 그냥, 나중에 알게 되면 섭섭해할까 봐요. 가볼게요. 그제야 무슨 말이든 하려는 송원에게 민희가 손사래를 쳤다. 날이 쌀쌀해요. 들어가요. 민희는 뒤돌아 잰걸음으로 멀어졌다.

다음 날 가게 문을 연 송원은 오전부터 분주했다. 민희가 늦는 모양이었다. 전에 없이 늦잠이라도 자는 건지 전화를 해도 답이 없었다. 송원은 원래 민희가 하던 일들을 제가 하다가 오픈 시간이 훌쩍 넘은 것도 몰랐다. 가게 문이 열리고 민희인가 기대했던 것도 잠시, 박설이 들어왔을 때 만우도 아직이라는 것을 깨달았다. 사장님 혼자서 바쁘네. 박설의 쉰 목소리가 오늘 따라 축축했다. 집에서 입는 실내복 차림에 얇은 외투를 걸친 박설은 추운지 손바닥으로 팔뚝을 비벼댔다. 누나, 짬뽕이죠? 소주는? 뭘 물어, 마시지. 송원은 금세 짬뽕과 소주를 내왔다. 누나, 좀 있다 가지볶음밥도 해줄게요. 내가 만든 소슨데……. 가게 문이 열렸다. 그 찰나에 민희나 만우가 들어오길 바랐던 송원이었지만 들어선 것은 외상값을 갚으러 온 부동산 조 씨였다. 그에게 받은 지폐 몇 장을 넣으려 포스를 여는데 안이 텅 비어 있었다. 천 원짜리 한 장 없이. 송원은 카운터 서랍을 구석구석 뒤졌다. 손님이 두고 간 물건이나 영수증 등 그럭저럭 중요한 것들을 서랍에 두곤 했다. 혹시나 민희가 사흘 치 매상을 잘 모아서 서랍 어딘가에 두진 않았을까, 내가 어디 잘 두고 잊은 건 아닐까. 기대를 버리지 않고 마지막 서랍을 열었다. 돈은 없었다. 대신에 종이 케이스에 담긴 CD 한 장이 텅 빈 서랍 한가운데 놓여 있었다. 케이스 겉면에는 아무런 것도 적혀 있지 않았다. 안에도 마찬가지였다. CD는 마트에서 장당 천 원이면 살 수 있는 공CD처럼 보였다. 송원은 그것을 낡은 오디오에 넣었다. CD가 바퀴를 감듯 돌았다. 기타 연주를 시작으로 나직이 읊조리는 듯 노래하는 목소리가 들렸다. *이곳은 여행의 끝 이름 없는 꿈의 마지막.* 송원은 저도 모르게 침을 깊숙이 삼켰다. 카운터에 등을 기댄 채 그대로 바닥에 주저앉았다. 도입부가 끝나고 기타 연주가 조금 격해지자 읊조리던 목소리가 흔들렸다. 마디마디에 흠집을 내듯이 불안한 음정이었다. *수많은 한숨들은 내가 꾼 꿈들 내가 한 거짓말.* 소주를 홀짝이던 박설이 노래를 따라 불렀다. *바다는 흐르고 지평선은 계속 치솟지만.* 테이블 밑으로 박설의 마른 두 다리가 송원의 눈에 들어왔다. 자기 발보다 한 뼘은 더 큰 회색 스니커즈를 맨발로 구겨 신은 채였다. 사장님한테 귀인 만날 거라고 한 거, 좋은 일 있을 거라고 한 거. 그냥 해본 말이야. 복채 받으면 나쁜 말 같은 거 못 해. 만우는 원래 그런 놈이야. 사라졌다 보였다를 반복해서 진 빠지게 만드는. 알면서도 맘을 줬어. 여기 돈만 가져간 거 아냐. 단골손님 굿해주고 받은 돈이 사라졌더라구. 우리 순진한 사장님은 몰랐겠지만 여기 일하는 애. 그 고운 애도 만우 그 새끼한테 홀렸나 봐. 같이 갔을 거야. 짐작은 하고 있었는데. 돌아갈 수 없어 꿈의 조각들을 맞추려 애쓸 뿐. 오디오 안의 CD가 바퀴를 굴리다 말고 멈추는 소리가 들렸다. 결국 송원은 웃어버렸다. 형이 신곡을 들려주네요, 10년 만에. 담배를 물던 박설이 코웃음을 쳤다. 신곡은 무슨. 제 버릇 개 못 주지. 기타 몇 번 퉁기는 척하더니 또 베낀 거야. 뻔뻔한 새끼. 박만우는 음악만 안 했어도 괜찮은 인간이 됐을 텐데. 송원은 바닥에서 일어나 다시 재생 버튼을 눌렀다. 나직한 음성이 또 한 번 긴장감을 만들어냈다. *이곳은 여행의 끝 이름 없는 꿈의 마지막.* 박설의 맞은편에 앉은 송원은 박설이 마시고 있던 잔 소주를 입에 털어 넣었다. 누나, 세상에 '완전 새 거'는 없어요. 박설은 대꾸 없이 담배 연기를 송원의 얼굴에 내뱉었다. 기분 좋은 멘톨 향이었다. 송원은 웃었다. 뭘 만들어보지 않은 사람들은 몰라요. 그러니까 함부로 말하는 거예요. 암것도 모르면서. 흠집 많은 목소리로 유키가 열창하기 시작했다. *수많은 한숨들은 내가 꾼 꿈들 내가 한 거짓말.*

송원은 설렁탕집을 나서는 유키를 얼른 뒤쫓아 나갔다. 오늘은 꼭 말해야지. 저 형 팬인데요. 저하고 소주 한 잔만 더 하면 안 돼요? 이렇게 말하면 스토커 같을까? 남자 새끼가 재수 없다고 하려나. 가게 앞에 서서 자판기 커피를 홀짝이다가 담배를 무는 유키를 발견했다. 불을 붙이려는데 라이터가 말을 듣지 않는 모양이었다. 라이터를 몇 번 흔들어대다가 포기하고 발걸음을 떼는 유키에게 송원이 불쑥 불꽃이 오른 라이터를 내밀었다. 뭐라도 말하고 싶었지만 막상 유키를 코앞에 두니 아무 말도 나오지 않는 송원이었다. 유키는 가볍게 묵례를 하고 담배에 불을 붙였다. 뿌연 연기와 함께 유키의 나직한 목소리가 퍼졌다. 고맙습니다. 송원은 뭐라 대꾸도 못 하고 저도 담배를 하나 물었다. 불을 붙이고 빨아들이는데 익숙하지 않은 연기가 목구멍을 간질였다. 꼴사납게 연거푸 기침이 나왔다. 유키가 머뭇거리다가 종이컵을 내밀었다. 날이 춥죠, 이거라도. 겨우 기침이 멎은 송원은 그걸 또 받아들었다. 민망하게 손이 떨렸다. 지금인가, 지금 말하면 형이 좋다고 할까. 형하고 소주 1병 할 수 있는 건가. 그래, 지금이다. 말하자. 형, 계속 음악 해주면 안 돼요? 대뜸 나온 말에 유키가 놀란 듯 송원을 빤히 쳐다보았다. 노래, 계속해주세요. 다음번엔 두 장 말고 열 장 살게요. 그러니까 다음 앨범도 꼭 내주세요. 송원은 차마 저를 보고 있는 유키의 두 눈을 마주할 자신이 없었다. 정면만을 보고 빠르게 쏟아낸 말이었다. 짝사랑을 고백하는 것도 아니고 망했다 싶었다. 그때 유키의 작고 낮은 웃음소리가 들렸다. 고 맙습니다. 다음 앨범을 만들 수 있으면 그때는 술 한잔 살게요. 그제야 송원은 용기를 내어 유키를 마주 보았 다. 유키가 해사하게 웃었다. 그의 따뜻한 손을 맞잡았 을 때보다 더 가슴이 뜨거워졌다. 찬 공기에 흩어지는 멘톨 향의 연기가 기분을 들뜨게 만들었다.

참고 음악

〈샤이보이〉(작사 : 배기정·최영두, 작곡 : 최영두)

〈매직 아워Magic Hour〉(아티스트 : Special Favorite Music)

〈스이멘노하테水面の果て〉(아티스트 : TRY TRY NIICHE)

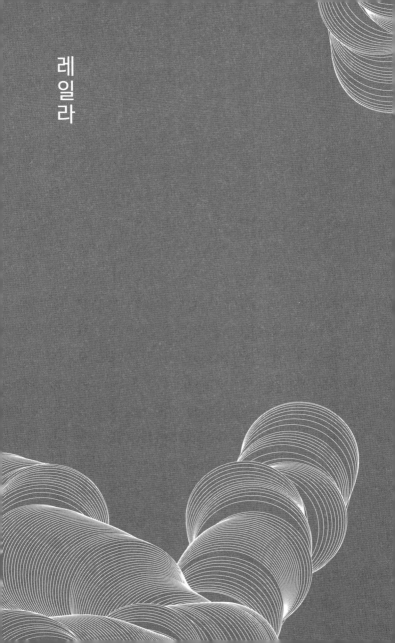

레일라

*

레일라에게 언니는 변하는 것이 없다는 말을 들었을 때는 가슴을 쓸어내렸다. 레일라와 오빠가 헤어진다고 해서, 나까지 집을 나가야 하는 것은 좀 억울한 면이 있다고 생각하던 터였다. 레일라는 스물아홉인 저보다 어린, 대학생과 놀아난 오빠를 들어올 때와 별반 다르지 않게 맨몸으로 내보냈다. 오빠는 값이 나가는 옷가지들을 챙겨 가려는 시도를 해보았으나 저지당했다. 레일라는 제 돈으로 사준 것은 단 하나도 가지고 나갈 수 없다고 했다. 나는 레일라의 말대로 변한 것이 없다. 어린 애인 집에 얹혀살며 몇 년째 같은 영화 시나리오를 쓰고 있는 주제에 배은망덕한 짓을 한 남자친구, 역시나 얹혀살며 월셋집을 알아보던 그의 여동생인 나를 독립된 존재로 봐준 레일라에게 감사할 따름이었다.

2년간 장학금을 받을 수 있는 지방 국립대와 서울의 중상위권 사립대 중 내 선택은 후자였다. 호기롭게 학자금 대출을 받고 문과대를 졸업했으나, 다시 열아홉 겨울로 돌아갈 수 있다면 장학금을 택할 거였다. 버는 대로 학자금을 갚아야 했지만 출퇴근이 왕복 세시간 정도 걸리는 위성도시의 본가로는 들어가고 싶지 않았다. 월세 마지노선은 35만 원이었다. 두 달 전, 오를 대로 오른 보증금에 기겁하며 살던 집의 재계약을 포기했는데, 방을 뺄 때까지 마땅한 집을 구하기가 어려웠다. 회사 근처 고시원에서 지내며 집을 찾았지만 내가 살 수 있는 집은 나타나지 않았다. 결국 고시원 생활이 길어졌다. 서른넷의 나이에 고시원에 사는 것이 서러워서 퇴근 후 음주를 하는 것이 버릇이 되었다. 하루는 자작을 하고 있는 것도 싫증이 나 술친구를 찾다가 몇 달만에 전화가 온 오빠를 고시원 앞으로 불렀다. 오빠와 나는 둘이서 분위기 낼 생각은 전혀 없어서 고시원 앞 편의점에 앉아 원플러스원 와인을 각 한 병씩 마셨다.

오빠는 취하자 2차를 가자고 졸라댔다. 택시로 15분, 도착한 곳은 레일라의 집이었다. 레일라는 나를 보고도 당황한 기색 없이 러시안보드카와 마른안주를 꺼내 왔다. 오빠의 가벼운 입을 통해 내 사정을 듣게 된 레일라는 명랑하고 또렷한 목소리로,

넉넉히 네 달, 우리 집에서 지내요.
그동안 집 구하구요. 월세는 30.

구세주 같은 소리를 했다. 고마운 레일라. 일주일에 한 번 가사도우미가 오고, 관리비는 월세에 포함이었다. 횡재였다. 나는 오빠의 어리고 아름답고 이타심 깊은 여자친구를 좋아하기로 했다. 오빠에게는 넘치고도 넘치는 사람이었다. 오빠의 바람을 알고 있었음에도 레일라가 눈치챌 때까지 입 다물고 있던 것은 미안한 일이었다. 다시 고시원으로 돌아가는 것이 끔찍했거니와, 둘 사이에 끼이는 모양새만큼은 피하고 싶기도 했다.

두 사람이 결별하는 순간, 없는 존재처럼 귀 닫고 입 막고 있던 나는 어느새 쫓겨나는 오빠의 짐 정리

를 도와주고 있었다. 정확히는, 레일라가 사준 것들을 눈썰미 좋게 찾아냈다고 해야겠다. 오빠는 나를 부모라도 팔아먹은 패륜아처럼 바라보며, 이 늦더위에 방한 워커를 신고 나갔다.

얼마 전에 언니랑 내가 없던 날,
그 여자애랑 집에서 고기를 구워 먹었더라구요.
소주에 삼겹살.

집에 들어오니 모든 창문이 열려 있었던, 온 집 안에 달달한 풋사과 향이 퍼지던, 그 끝에 미세하게 기름내가 남아 있던 날을 기억해냈다. (그때는 영문을 몰라 아무리 집주인이라도 제가 쓰는 향수를 온 집 안에 뿌려대는 건 좀 서운하다고 생각했지만.)

바람을 피우더라도 고기 냄새는 풍기지 말아야죠.

월세 30만 원 외에 지켜야 될 규칙이 하나 더 있었다. *집에서 고기는 먹지 말 것. 직접 구워 먹는 것은 물론, 배달도 안 됨. 치킨은 예외.* 나야 지키지 못할 까

닭이 없었다. 어차피 집에서 먹는 것이라고는 컵밥이나 컵라면 정도였고, 요리는 드물게 했으나 고기를 구워 먹는 것은 내 쪽에서 먼저 사양이었다.

알고 보니 레일라는 오빠의 바람을 눈치채고도 웬만하면 눈감아주려고 했던 모양이었다. 어쩌면 오빠가 바람 상대를 집에 부른 일도, 그 터무니없는 대담성에 대해 혀만 차고 말았을 수도 있었다. 레일라가 가장 견디기 힘들었던 건 집에서 고기를 구워 먹은 거였다. 레일라가 왜 고기 냄새를 싫어하는지 그 이유를 알지는 못했다. 오빠 말로는 밖에서는 소시지나 햄 정도는 먹는다는데, 집에서는 고기 냄새가 날 만한 것들은 전부 반입 금지였다. 그 이유가 딱히 궁금한 것은 아니었다. 고기 냄새를 싫어하는 게 뭐. 레일라는 그저 나에게 구세주 같은, 고마운 사람일 뿐이었다.

한데, 최근 레일라에게 한 가지 청이 생겨버렸다. 지금도 충분히 신세를 지고 있음에도, 배려를 받고 있음에도, 염치 불고하고.

건강기능식품을 판매하는 중소기업의 8년 차

대리로 일하면서 고인 물만큼 편하고 좋은 것이 없다고 늘 생각해왔던 터였다. 어차피 다 같은 회사였다. 인간관계 고민, 때때로 과중된 업무, 이런 것들이 이직을 한다고 해서 달라질까. 연봉은 가슴이 벅차오를 만큼 오르지 않는 이상 이직 조건이 되지 못했다. 연봉이 바라는 만큼 오른다 해도, 새 고용주 입장에서는 그만큼 죽자 살자 일하길 기대할 텐데, 그건 또 싫었다.

8년 차 고인 물로서 묵묵히 지내다 보니 기회가 제 발로 찾아오기도 했다. 임신한 우리 팀 과장은 육아휴직을 쓸지 퇴사를 할지 고민하다가, 최근에 남편이 승진해 연봉이 올랐다며 올겨울쯤 퇴사하는 쪽으로 마음이 기울었음을 나에게 넌지시 얘기했다. 과장은 요즘 입덧을 시작했고 먹고 싶은 게 많아졌다. 점심때마다 나는 과장이 먹고 싶은 것을 함께 먹어주었다. 보필하듯, 꼭 과장과 함께였다. 그러면서 과장이 기분 좋게 퇴사를 결정할 수 있을 만한 대화를 이어갔다. 퇴사 쪽으로 기운 마음이 다시 수평을 잡지 않도록 옆에서 애를 썼다. 과장이 떠나고 내가 그 자리에 앉으면 큰 폭은 아니더라도 연봉이 오를 터였다. 레일라가 3개월만 더 배려해준다면, 좀 더 나은 집을 구할 수도 있었다. 보증금과 월세를 조금씩만 올려도 더 나은 조건의, 예를 들어 집에서 역까지 걸어 다닐 만하다든가, 관리인이 24시간 상주한다든가, 벽이 두껍다든가, 그런 조건의 집을 찾을 수 있었다. 조만간 기회를 엿보다가 레일라에게 양해를 구해볼 생각이었다.

사실 과장의 퇴사를 바라는 이유가 하나 더 있었다. 고인 물로서 크게 개의치 않는 것이긴 했으나, 내 옆자리의 본부장, 박 본이 좀 귀찮았다. 승진을 하면 현재 과장의 자리로 가게 될 테고, 박 본의 맞은편이 되니, 지금보다야 덜 성가실 터였다. 우리 회사는 겉으로는 젊은 기업을 표방하면서 연공서열, 상명하달에 절은 회사였다. 가장 어이없는 것이 2년 전쯤인가 오픈 오피스로 바꾼 것이었다. 파티션을 없애고, 대표실 외의 개인 룸을 없애고, 직급 관계없이 앉고 싶은 자리를 택하게 되었다. 그래봤자 윗분들이 부서별로 앉고, 남은 자리 중에서 골라야 했기에 큰 의미는 없었다. 젊은 직원들 대부분은 오픈 오피스를 꺼려했다. 나는 뭐, 이래나 저래나 급여만 제때 나오면 된다는 입장이긴 했지만 박 본이 내 옆자리가 된 뒤부터는 파티션이 그리워지긴 했다. 박 본은 말을 내뱉을 때 악의는 없으나 세련되지 못

한 화법을 쓰는 전형적인 중년의 남자였다.

1년 전, 신입 직원 하나가 입사 두 달 만에 관둔 적이 있었는데, 박 본이 원인이었다. 박 본은 신입에게 여자가 담배 태우면 자궁이 쪼그라든다, 애인이 입 맞출 때 담배 냄새 싫어하지 않느냐를 비롯한 농 같지 않은 농을 해댔다. 신입은 인사 팀과 몇 차례 상담하며, 박 본에게 징계를 내리지 않으면 고소를 하겠다고 말한 모양이었지만 결국 조용히 퇴사했다. 싹싹하고 똘똘했던 신입을 내심 괜찮게 생각했던 나는 아쉬운 마음이 들었다. 박 본이 신입에게 내뱉은 말들은 시대착오적이며 다소 더러웠지만, 그런 아저씨는 어딜 가나 있었다. 젊은이로 가득한 스타트업 회사에 들어간다고 해도 박 본 같은 인간이 한두 명쯤은 있을 터였다. 여하튼 신입이 그만두고 우리 팀만 자리 재배치가 있었고, 그때부터 박 본은 내 옆자리가 되었다. 인사 팀의 주의 때문인지 내 리액션이 심드렁해서인지 박 본은 입이 좀 무거워지긴 했다. 그렇지만 서른넷의 여자이자 남자친구와 2년 가까이 연애 중인 내 상황은 제 집안일엔 관심도 없으면서 남 일에 감 놔라 배 놔라 하기 좋아하는 중년 아저씨의 입을 간질이는 모양이었다. 남자친구 진원이 원래는 박 본 밑에서 일했던 우리 팀원이었다가 이직한 탓도 있었다. 박 본은 제 부하 직원이었던 진원에 대해 속속들이 알고 있는 듯이, 진원과 결혼하면 절대 밑지는 장사가 아니라는 것, 진원의 양친이 좀 까다로운 분들이긴 하지만 합가 몇 년만 견디면 목동의 30평대 아파트로 분가가 가능하다는 것 등등 내가 이미 알고 있는 얘기에 살을 붙여 말하곤 했다.

주 대리는 아들 낳을 상이야.
그 나이에 이십대처럼 볼살이 통통하고, 덕이 있잖아?
복 있는 얼굴이라고. 아들 낳을 거야. 내가 장담해.

내가 박 본에게 들은 얘길 전할 때면, 진원은 늘 호탕하게 웃어넘겼다. 요즘 진원과 나는 2주년을 앞두고 이따금 결혼에 대해 얘기했다. 진원은 본인이 대기업 OEM 회사의 잘나가는 영업사원이며, 양친에게 물려받을 것도 넉넉한 외아들이라는 사실을 늘 강조했다. 이것이 진원이 결혼 생활에 자신 있어 하는 이유였다. 나로서도 납득이 안 되는 건 아니었다.

진원은 내가 새로 구한 집의 입주 시기를 기다

리느라 남의 집에 신세를 지고 있다고 알고 있었다. 제 집에서 지내길 권한 적도 있었는데 교제하는 사이에 도리상, 예의상 한 말인 것 같았다. 물론 모른 척 그 집에 들어갈 수야 있겠지만, 일단은 거절해두었다. 진원은 레일라가 오빠의 (전) 여친이라는 것도 몰랐다. 대학교 때 연을 맺은 후배 정도로만 알았다. 숨길 의도가 없었다고 하면 거짓이겠지만, 시시콜콜 얘기하는 게 귀찮을 뿐이었다. 원래 내 얘기를 남에게 하는 것도, 남이 제 얘기를 내게 하는 것도 달가워하진 않았다. 물론 누군가가 굳이 내게 본인 얘기를 하고 싶어 한다면 피하지는 않겠지만, 남의 호사다마에 대해서는 별 관심이 없었다. 며칠 전, 집 앞에서 마세라티 콰트로포르테에서 내리는 레일라를 보았을 때는 나도 모르게 오빠의 말을 떠올렸다. 그런 것이 싫었다. 나는 원한 적이 없음에도 재빠르게도 내 머리가 누군가를 판단하고, 오해하거나 음해하는 것.

그래, 그럼에도 굳이 따져보자면 마세라티의 운전석에서 내린 깔끔한 진회색의 슈트, 윤기 나는 곱슬머리, 자신감 넘치는 미소의 남자는 부모의 지원을 받아 IT 회사를 차린, 젊은 CEO처럼 보이기도 했다. 그러니까, 오빠의 말, 정확히는 추측을 빌리자면 말이었다.

레일라는 대치동에서 속눈썹 관리 숍을 운영 중이었고, 오픈 3년 만에 증축을 했다. 곧 압구정동에 지점을 오픈할 예정이기도 했다. 여러 아르바이트를 전전하던 레일라가 숍을 차릴 수 있었던 건 조력자가 있었기 때문이었다. 이것은 레일라의 입에서 나와 오빠로부터 전해진 팩트였다. 그리고 오빠는 줄곧 레일라의 조력자에 대해 상상 같은 추측을 했다. 부모의 지원을 받아 IT 회사를 차린, 젊은 CEO, 나이는 마흔 초중반, 연애 말고 조건만남을 원하는, 자신만을 위한 키링 걸을 물색하는 남자. 있을 법했지만, 레일라에게 어울리는 캐릭터 설정은 아니었다.

레일라가 키링 걸 느낌은 아닌데.

둘은 어디서 만난 건데 그럼.

오빠는 레일라가 유흥업소를 다녔을 거라고 했다. 예명이 박힌 명함을 만들고, 주위 사람들에게 그 이름으로 부르게 하는 것이 그때부터였을 거라고 했다. 레일라의 본명은 신은영이었는데, 오빠는 한 번도 레일라를 은영으로 부른 적이 없다고 했다. 레일라가 오빠와 내게 종종 만들어주던 독하지만 산뜻했던 마티니. 오빠는 그걸 마시면서도 마음이 편치 않았다고 했다. 레일라의 마티니는 정말 맛있지만 여자친구가 업소에서 술 말던 실력을 뽐내는 건 싫다고 했다. 나는 오빠에게 조력자가 어떤 사람인지 레일라에게 직접 확인해보라고 했지만 오빠는 끝내 추측만 했다. (아예 근거가 없는 건 아닌 모양이었지만.) 아무래도 좋았다. 미각이 예민하고 손재주가 좋다면 얼마든지 마티니를 맛있게 만들어낼 수 있었다. 주변에 외제 차를 타는 친구가 한둘은 있을 수 있었다. 설령 레일라가 과거 유흥업소에서 일했다 한들 무턱대고 탓할 일도 아니었다.

레일라는 나를 발견하자마자 손을 크게 흔들었다. 마세라티 주인은 레일라에게 눈인사를 짧게 하고, 조용히 사라졌다. 레일라의 한쪽 손에는 5성급 호텔의 베이커리 상자가 들려 있었다. 레일라는 그것을 내 눈앞에 흔들어 보이며 예쁘게도 웃었다.

이걸로 저녁 해결 어때요?

언니 빵 좋아하잖아요.

레일라는 살갑게 말하는 법을 알았지만 거리를 둘 줄 알았다. 상대의 마음을 살살 녹였다가 움켜쥐기를 반복하는, 완급 조절을 잘하는 타입이었다. 그 와중에도 상대에게 좋고 싫음, 옳고 그름에 대해 정확히 전달하는 것을 잊지 않았다.

언니가 좋아하는 에그타르트도 있어요.

세 개 샀는데, 두 개는 언니 거예요.

레일라가 왜 나에게 제 집의 방 하나, 그 공간을 내어주었는지는 모르겠지만 나를 싫어하지 않는 것만은 분명했다. 오빠와 나를 분리했던 것은 옳은 처사였으나, 한편으론 나에 대한 태도에 변화가 없는 레일라가 조금 신기하기도 했다. 마세라티 남자가 누구든 나에게는 상관없는 일이었다. 나답지 않게 남의 일에 파고드는, 잠시 동안 그런 쓸데없는 수고를 한 것이 우스워졌다.

그날 먹은 에그타르트는 비린내 하나 없이 부드럽고, 달았다. 정말이지 레일라는 나무랄 데 없는 집주인이었다.

*

　주에 두 번 정도는 점심시간을 할애해서 집을 보러 다녔다. 최근에 본 집들은 조금씩 분에 넘치긴 했지만, 당장 입주는 무리더라도 포기할 만한 상황도 아니었다.

　박 본이 테라스에서 커피 한잔하자며 불러냈다. 박 본은 출근 직후 뜨거운 믹스커피를 마시면서 담배를 태웠다. 그 일과에는 늘 대화 상대가 필요했다. 주로 담배를 태우는 직원들이 그 상대가 되었으나, 가끔씩 옆자리에 앉은 내가 눈에 들어오는 모양이었다. 박 본은 현재 실세인 부사장과 고등학교 동창이며, 부사장은 점심 약속이 없을 때면 박 본을 찾아 비싼 밥을 먹었다. 내 선에서 윗분들이 어떤 그림을 그리고 있는지 알고 싶다면 무조건 박 본이었다. 위쪽에서 내 승진을 고려하고 있다는 언질을 준 것도 박 본이었다.

　최 과장은 어때, 그만둘 것 같지?
　잘 좀 해봐. 최 과장이 육아휴직 쓰면
주 대리는 일은 일대로 다 떠안고 승진은 못 하는 거야.

　　회사에서 과장의 육아휴직과 내 승진을 두고 저울질을 한 모양이었고, 결국엔 내게 과장 타이틀을 달아주고 연봉 협상을 하는 것으로 결정된 모양이었다. 박 본의 말을 빌리자면, 과장은 업계 매출 3위의 건기식 회사의 상품개발 팀에 있다가, 우리 회사로 이직하며 연봉을 제법 높게 불렀다. 물론 그만큼 매출을 높이는 데 기여를 하긴 했을 터였다. 나는 과장이 여전히 유능하다고 생각했지만, 위에서 보는 시선은 달랐다. 어차피 잘나가는 제품 서너 가지로 매출이 유지되는 상황이었다. 회사는 어떤 식으로든 과장이 퇴사를 하게 만들 작정이었지만, 회사가 뭘 하기도 전에 그가 먼저 퇴사의 뜻을 품고 있었으니, 뭐 잘된 일이었다.

　　위에선 최 과장 자리에 새 사람 뽑아서 앉힐 생각도 했지.

　　근데 주 대리도 알잖아.

　　윗사람들 눈은 높은데 짠돌이인 거.

　　내가 과장만큼의 연봉을 받을 일은 없겠지만, 회사에서는 나를 원하고 있었고 어쨌든 지금보다야 주머니 사정은 나아질 터였다.

아무튼, 끝까지 긴장 늦추지 말고.

잘하자구, 주 대리.

아무렴. 나는 도전이나 변화를 자주 시도하진 않았어도 주어진 기회를 잡을 줄은 알았다.

자리에 돌아와 앉자마자 레일라에게 메시지를 보냈다. 오늘 밤, 네가 좋아하는 카모미 나파밸리 샤르도네를 마시자고 했다. (레일라의 입맛 중에서 그나마 내가 감당할 수 있는 수준의 것이었다.) 레일라는 그럼 제가 감바스를 만들겠다고 했지만, 퇴근이 빠른 내가 만들어두겠다고 했다. 여태껏 레일라와 약속을 잡고 식사나 음주를 한 적은 없었다. 레일라도 오늘 내 연락을 받고 뭔가 목적이 있음을 눈치챘을 터였다.

퇴근길에 집 근처 백화점에 들러 와인과 브라운치즈, 감바스 알 아히요 밀키트를 샀다. 레일라는 북유럽 사람들이 즐겨 먹는다는 브라운치즈를 좋아했다. 대중적인 음식은 아니었으나, 백화점 식품관에서 팔길래 언제 한번 멋모르고 사 간 적이 있었다. 나는 한입 먹어본 후 입에 대지 않았지만 레일라 입맛에는 잘 맞는 모양이었다. 내 입맛은 국산 슬라이스 체다치즈였다. 먼

나라에서 건너온 고린내가 나며 텁텁하고, 그렇지만 끝맛은 달달한, 땅콩잼을 굳힌 듯한 모양새의 치즈는 내것이 아니었다. 좋은 음식도 먹어본 사람이 계속 먹는다고, 휴일마다 이국적인 음식을 찾아다니던 레일라는 자꾸만 입맛이 갱신되는 듯했다. 갈수록 비싸고, 독특하고, 구하기 힘든 것들을 즐겼다. (그렇다고 배달음식이나 가공식품은 먹지 않으며 까다롭게 구는 타입은 아니었다.)

　　어쨌든 날이 날인지라 레일라 컬렉션이 되어버린 저녁 메뉴를 사서 식품관을 나왔다. 무게 탓인지 쇼퍼백의 한쪽 어깨끈이 자꾸 흘러내려 추스르고는 에스컬레이터로 향했다. 그러다 하행 쪽에서 막 하차하는 남녀, 낯익은 두 얼굴과 마주쳤다. 앞집에 사는 신혼부부였다. 우리에게 먼저 아는 척을 해온 것은 그들이었다. 두 달 전, 고시원에서 내가 막 짐을 옮겼을 때쯤 이사 온 그들은 종종 저녁을 넘치게 만들었다며, 미트볼이나 부침개 같은 것을 들고 벨을 눌렀다. 한번은 아내가, 한번은 남편이, 한번은 부부가 함께. 레일라와 나, 오빠까지 앞집 부부와 마주치면 늘 반갑게 인사했다. 나는 음식물쓰레기 종량제 카드를 잊고 나온 그들에게 우리 카드를 빌려주기도 했다. 그들이 목소리를 높여 싸운 건, 아내의 새된 비명이 들린 건 보름 전 새벽이었다. 오빠는 촬영 현장에 지원을 나가 집에 없었고, 레일라 와 나는 각자 방에서 자고 있었다. 새벽 2시쯤, 날카로 운 비명을 듣고 눈을 떴다. 그렇지만 바로 자리에서 일 어나지는 않았는데, 이윽고 레일라의 목소리가 들렸다.

706호예요. 네, 앞집이에요.

아내분 비명이 계속 들려서요.

관리실은 연락이 안 돼요.

반사적으로 몸을 일으켰고, 거실로 나갔다. 레 일라는 전화를 끝내고 인터폰 카메라를 켜놓은 채 그 앞을 서성이고 있었다. 나는 레일라를 만류하려는 생각 에 나온 거였지만 차마 그러지는 못했다. 집주인인 레 일라의 심기를 건드리고 싶지 않아서? 아니었다. 아니, 그런 마음이 아예 없었다고는 못 하겠지만, 잔뜩 심각 한 얼굴로 같은 자리를 맴돌고 있는 레일라를 보고 있 자니 하고 싶은 말이 사라졌다. 생각이 다른 거라고, 저 스물아홉 여자애와 나는 생각이 다른 것뿐이니까 잠자 코 있자고.

인터폰 카메라를 통해 경찰이 온 것, 앞집 부부가 민망한 얼굴로 문을 여는 것을 보았다. 그들이 나누는 대화는 잡음 속에서도 잘 들렸다. 부부 싸움을 한 것은 맞는데, 아내가 다친 것은 아니라는 것, 감정 조절이 어려웠을 뿐이라는 것, 남편은 대치2동 주민센터에서 일하는 공무원이라는 것. 경찰은 남편을 들여보내고, 아내에게만 말했다.

혹시라도 신고하기 어려우면,
큰 소리로 도움을 청하세요.
그래야 이웃분들이 들을 수 있으니까요.

아내는 손사래를 치며 살짝 웃기까지 했다.

말씀은 정말 감사한데, 아니에요, 진짜.
싸울 때 격해지는 면이 있거든요.
괜한 걸음 하시게 해서 죄송해요.

경찰이 돌아가고, 앞집 문도 닫혔다. 나도 모르게 긴장하고 있던 모양인지 상황이 종료되자 힘이 빠

지며 졸음을 느꼈다. 막 들어온 레일라에게 적당히 웃
어 보이고 방으로 들어가려는데, 레일라는 부엌으로
향했고, 선반을 뒤지더니 선물받았다던 허브티 박스를
꺼냈다.

　　　자기가 무슨 일을 겪고 있는지
　　　말하기 힘든 사람도 있는 거잖아요, 언니.

사그라들었던 만류의 의지가 다시 일어났다.

　　　그렇긴 한데…….
　　　부부 문제일 수도 있구요.
　　　부부들은 많이 싸운대요.
　　　가끔은 우리 같은 싱글은
　　　상상하기 힘들 만큼 거칠게도요.

레일라가 나를 빤히 바라보았다. 그 파고드는
눈빛, 본인이 옳다고 말하는 눈빛. 할 수 없었다. 져줄
수밖에.

그래도 그 티 박스 가져다주면 좋아하긴 하겠네요.

우리도 답례를 해야겠다 싶었는데.

근데 좋아하는 거라면서 괜찮겠어요?

아님 내가 퇴근하면서 다른 거 사 올게요.

그제야 레일라가 얼굴을 풀고, 고개를 저었다.

아뇨. 언니 말은 고마워요.

다녀올게요. 피곤할 텐데 쉬어요.

레일라가 나가자마자 재빨리 인터폰 카메라를
켰다. 문이 열리고 남편이 나왔지만, 레일라는 아내를
불러달라고 했다. 남편은 떨떠름한 표정으로 아내의 이
름을 불렀고, 아내가 나왔다. 남편은 뻘쭘해하다가 집
안으로 들어갔다.

매번 얻어먹기만 해서요.

제가 요리는 잘 못하고, 이거라도 드리려구요.

아내는 당황한 듯했지만 레일라는 굽히지 않

왔다.

저희 집은 사람이 보통 저녁 여덟아홉 시 사이부터는 있어요.

벨 누르셔도 돼요. 물론 오늘처럼도 괜찮구요.

잠시 말이 끊겼다. 앞집 아내는 눈을 내리깔고 숨을 고르고 있었다. 레일라의 뒤통수가 답답하게 느껴졌다.

아까 경찰한테도 말했거든요.

저희 그냥 싸우다가 격해진 거라고.

앞으로 신경 안 쓰셔도 돼요.

뭘 주실 필요도 없구요.

어차피 남는 거 드린 거예요, 저희도.

앞집 문이 닫히고 레일라가 티 박스를 그 문 앞에 두고 등을 돌렸을 때, 나는 얼른 인터폰 카메라를 끄고 방으로 들어갔다. 레일라가 돌아와 방에 들어가는 소리가 들렸다. 앞집 아내의 태도가 신경질적이긴 했지만 무례했다는 생각은 들지 않았다. 사람들은 때때로 미친 것처럼 화를 내고 소리치고 싶어 했다. 그 소리를 아무도 듣지 않길, 들어도 못 들은 척해주길 바랐다. 타인의 관심이나 도움은 결국 별다른 결과를 가져오지 않는다고 생각하는 사람도 있었다. 어쨌든 나는 레일라를 이해하고 싶었다. 그 넘치는 인지상정, 이타적 사고가 나를 이곳에 살게 했다고, 레일라의 오지랖을 비난하지 말자고.

　　남편의 양손에는 장 본 것들이 들려 있고, 아내의 가방에는 임산부 배지가 걸려 있었다. 레일라, 내 말이 맞지. 사랑하는 사이라도 가끔은 피가 거꾸로 솟을 정도로 싸우곤 해. 부부도 나도 인사하지 않았다. 아내부터 남편, 차례로 내 눈을 피했다. 어쩌면 그들은 아파트 단지에서 707호 사람들을 마주칠까 주위를 살핀 적이 있을지도 몰랐다.

　　레일라에게서 문자가 왔다. 한 시간 정도 늦을 것 같아요. 미안해요, 언니. 아무튼 레일라는 여전히 나무랄 데 없는 집주인이었다.

  오빠라는 사람에 대해서 깊이 생각해본 적은 없었지만, 철은 없어도 막 나가는 인간은 아니라고 여겼다. 첫 영화의 제작비를 서울시에서 받아 오길래, 그 정도의 능력은 있나 보다 생각했다. 원래 영화라는 것이, 예술이라는 것이 대기만성인 경우가 많기도 하고 내버려두면 먹고는 살겠지, 라고 막연하게 믿고 있었다. 오빠가 한참 어린 여자친구의 집에 얹혀산다고 할 때도 저러다 결혼한다고 하면 엄마는 좋아하겠다 싶었다. 레일라를 배신하고 바람을 피웠을 때도 쫓겨나는 꼴이 한심하긴 했으나 헤어질 때가 되었나 보다, 그렇게 생각하고 말았다.

  현관문을 열었을 때, 사이즈가 큰 크록스가 눈에 들어왔다. 그리고 코를 훌쩍이는 소리가 들려왔다. 얼마 전까지 지겹게 듣던, 비염을 달고 사는 오빠의 코 먹는 소리.

  오빠는 레일라의 옷장을 뒤지고 있었다. 좁은 어깨, 아니 정확히 말하자면 좁아진 어깨.

  레일라의 돈으로 운동을 다닐 때는 그나마 봐줄

만했는데. 그새 볼품이 없어진 거였다.

깨도 지가 준 거 다 뺏었잖아.
나도 되돌려받으러 온 거야.

그러니까, 대체 무얼? 엉덩이 골 보이면서, 코를
먹어가며 찾고 있는 게 무언데.

보테가 베네타 가방.
야, 너도 이리 와서 좀 도와.

아, 보테가 베네타. 크로스로 메는, 민트색 가죽
가방. 얼마 전 레일라가 지인들과 플리 마켓을 한다며
옷과 가방을 추렸었다. 그 가방을 들고 고민을 좀 하다
가 다시 옷장에 넣는 것 같았는데. 그런데 오빠는 왜 그
가방을 찾고 있는 건지. 그보다 이제 이 집에 마음대로
비번 누르고 들어오면 안 되는 것 아닌가. 뭐, 레일라가
없는 시간을 노린 것 같긴 한데.

나도 받은 거 다 반납하고 나갔잖아.

그땐 생각 못 했는데, 내가 준 것도 있더라구.

야, 근데 예전 모델도 되팔면 팔리냐?

그 브랜드가 그 정도 값어치는 있냐?

레일라 걔도 구찌나 디올만 메던데.

언젠가 TV 시사 프로그램에서 범죄 심리학자가 했던 말이 기억났다.

범죄 자체는 그 방법이나 과정이 대범하나, 그 동기는 아주 지질한 경우가 많다.

오빠는 이 집에서 나갈 때, 정확히는 쫓겨 나갈 때 의외로 덤덤하게 굴었다. 잔류하는 나에게 원망의 말을 내뱉긴 했지만 레일라 앞에서는 묵묵하지 않았던가. 물론 약간의 저항은 있었지만 빠르게 포기하지 않았던가. 처분을 받아들인 것처럼.

결국 오빠는 가방을 찾아냈다. 나는 당연히 가져가지 않도록 말리려고 했는데.

나 뭔 일이 있어도 영화 한 건 절대 후회 안 해.

근데 딱 하나 후회되는 거,

엄마 아빠한테 제대로 된 선물 못 한 거.

니가 백화점상품권 30만 원어치 드릴 때, 나 뭐 했냐.

영상으로 롤링 페이퍼 같은 거 만들었잖아.

엄마는 그거 보고 울었지만.

야, 나도 물질적으로 좀 잘해보고 싶다고.

엄마 생일 다음 달이잖아.

놀라웠다. 효도를 (전) 여자친구 백을 팔아서, 그 돈으로 하겠다는 오빠의 의지, 추진력, 당당함. 부모님이 오빠의 대학 등록금은 내주었다는 것을 알고 있었다. 없는 살림에 첫째라고, 장남이라고 꾸역꾸역 돈을 마련했다고 들었다. 그래, 뭐, 그동안 오빠가 본가에 못하기는 했다. 생수 한 짝 사갖고 들어간 적이 있었나.

아님 니가 돈 좀 꿔줘.

백만 원 있냐?

내가 봐둔 안마의자가 2백 정도 하더라.

되도록 오빠를 말리고 싶었지만, 내가 말리든 말든, 오빠는 저 보테가 베네타 가방을 가지고 가 중고마켓에 내놓을 태세였다. 생각해보았다. 레일라가 과연

저 가방을 언제 찾으려나. 아마도 다음 플리 마켓, 그러
면 연말 정도? 정리만 잘해두면 누가 제 옷장을 뒤졌다
는, 그게 전 남자친구라는 사실도 모르고 지나갈 수 있
지 않을까. 적어도 앞으로 몇 달은.

티 안 나게 정리나 해줘.
괜히 내가 의심받을 수도 있어.

그리고 레일라의 룰에 따르자면, 오빠도 제 돈
주고 선물한 것을 가져갈 권리는 있는 거 아닌가. 저 가
방 하나 정도는 바람난 대가를 치르고도 챙길 만한 것
이 아닌가.

근데 애인 가방 사줄 돈은 있었네.
엄마가 서운하긴 하겠다, 야.

오빠는 좁다란 어깨를 으쓱댔다. 미리 찍어둔,
엉망이 되기 전의 옷장 사진을 보며 제가 어지럽힌 것
을 정리하기 시작했다. 저 인간은 지금 이 순간을 어딘
가에 메모해두고는 언젠가 제 영화에 활용할지도 몰랐

다. (물론 오빠에게 다음 영화라는 것이 있다면 말이다.)

봤음에도 못 본 척하고 싶은 순간이었다. 차곡차곡 정리해가는 오빠를 보다가 방 밖으로 나와버렸다.

레일라에게 30분 정도 후에 도착한다는 메시지를 받았다. 배고프다고, 감바스를 빨리 먹고 싶다고. 오빠는 모든 정리를 마친 뒤, 베란다에서 담배도 한 대 태웠다. 담배 냄새가 나면 레일라가 의심한다고 하자, 오빠는 아랫집에서 올라오는 거라고 둘러대면 된다고 했다. (언제부터 오빠는 척하면 척, 변명이 나오는 사람이 되었을까.)

오빠가 담배를 태우는 동안 나는 그 옆에서 맥주 한 캔을 마시며 목을 축였다. 평소라면 담배 냄새에 질색하며 베란다 문을 닫아버렸겠지만. 간간이 와 닿는 밤바람이 나쁘지 않았다.

휴대용 재떨이에 담뱃재를 털어내는 오빠의 손짓을 보며, 기분이 묘해졌다. 인간이란 누구나 이중성을 지닌다고 하지만, 새삼. 아무 데나 재를 떨기 싫어하며, 다 태운 꽁초를 한데 모아서 버리며, 이를 지키기 위해 외출 시 동전 지갑 같은 재떨이를 잊지 않고 챙기는 사람도 남의 집에 몰래 들어와 옷장을 뒤져 가방을 훔쳐 달아날 수 있었다.

너는 궁금하지 않냐.

왜 레일라 같은 애를 두고 딴 앨 만났나.

글쎄, 나는 별로 궁금하지 않았다. 바람을 피우는 순간에는 그 상대가 레일라보다 좋았겠지. 그것 말고 다른 이유가 있다 한들 딱히 알고 싶지도 않았다. 뭐, 오빠는 수다를 좋아하는 편이었다. 엄마는 서른여덟 먹은 오빠가 미주알고주알 살갑게 떠들어대는 것이 귀여워죽겠다고 했다. 그래서 쟤가 영화감독이 되었나 보다고, 제 안에 가득한 이야기를 세상 사람들에게 들려주기 위해. (세상 사람들이 과연 오빠의 얘기를 궁금해할까, 늘 그것이 문제였다.)

차가워. 레일라는 차가워.

오빠는 계속해서 차갑다는 말을 읊조렸다. 고개를 저어가며 차갑다고, 고개를 끄덕이며 차갑다고. 차갑다는 게, 얼마나 큰 범주의 언어인데, 이야기를 만드는 사람이 그것을 모를 리 없었고, 표현이 잘 안 되는 것 같았다. (이것이 오빠가 차기작을 찍지 못하는 이유와 관련이 있을

지도 모른다고 생각했지만 굳이 내뱉지는 않았다.)

생활력이 강한 건 좋은데 지나치게 독립적이야.
기대고, 응석 부리는 게 뭔지 모르는 것 같아.

역시나.

하긴, 오빠가 전에 만난 여자들은
대부분 떼쓰는 타입이었잖아.

귀여운 타입이었지. 애교 많고.

응, 뭐. 그렇게 말하면 그렇네.

레일라 말이야,
스폰한테는 곧잘 의지하는 것 같더라.
역시 돈이 최고야, 그치?

오빠, 그 스폰 본 적은 있어?

야, 봐야 아냐. 뻔하지.

뭐가 뻔해?

톰브라운 슈트에 구찌 클러치를
옆구리에 끼고 다니는 어느 양아치겠지.

본 적 있는 것처럼 말한다, 꼭.
거기에 마세라티, 그치?

야, 그 새끼 왔었어?

뭐래, 아니야.

야, 됐다. 레일라 그 기집애 그럴 줄 알았어.

아니라고.

감싸지 마, 집주인이라고.

뭐래. 그런 거 아니야.

이제 빨리 가, 곧 레일라 올 시간이야.

＊

　　진원은 가끔씩 출근길에 불쑥 집 앞으로 찾아
오곤 했다. 편하게 자면서 가면 좋잖아. 그렇게 말했지
만, 그 속뜻을 모르지 않았다. 진원은 잠시라도 엉덩이
붙이기가 무서운 영업 사원이었고, 주말에는 밀린 잠을
자기 바빴다. 평일에 하루 정도, 나는 퇴근 후 곧장 진원
의 집으로 가서 치킨을 주문해두었다. 진원이 집에 오
면 골라둔 영화를 보며 치킨을 먹었다. 그것이 우리의
데이트였다. 그사이 우리가 짚고 넘어가야 할 얘기들은
꺼내지 않고 잠시 접어두었다. 피곤하니까, 그냥 치킨
먹으며 맥주 마시며 좀비 영화나 보는 것. 그 모든 것에
불만은 없었다. 진원이 먼저 그동안 미뤄뒀던 말들을
꺼낼 것을 알고 있었다. 출근길, 차 안, BPM이 빠른 아
이돌 노래, 콜드브루 두 잔, 유난히 기합이 들어간 목소
리. 때마다 나는 조수석에 앉아 눈을 감고 가면서도 적
당히 응수했다. 맞아, 응, 그렇지, 그랬어?

진원이 오늘 아침에 꺼낸 말은 잠시 홀드해두었던 결혼 얘기였다. 나는 여느 때처럼 네 말이 다 맞지만 우리 생각 좀 해볼까 정도로 대응할 생각이었다. 그런데 진원의 말은 점점 길어졌고, 말투도 단호했다. 진원과 진원의 부모님은 합가를 원하며, 내가 퇴사를 하고 전업주부로 지내는 것이 바람직하다고 생각했다. 진원과 내가 둘 다 어린 나이는 아니니, 결혼 후 바로 출산한 뒤 아이가 걸음마를 하기 전까지 본가에서 육아든 집안일이든 의지하고 배워가며 지내는 것, 그것이 진원과 그 부모님의 계획이었다. 진원은 내가 바로 대답을 않자, 애가 서너 살 정도 되면 목동에 있는 서른네 평 아파트로 분가할 수 있다고, 지금 당장은 전세 계약이 남아 있어서 힘들다고 덧붙였다.

근데 나, 이번에 승진할지도 몰라.

대답을 딱히 고른 건 아니었다. 나온 말이 저것일 뿐이었다. 순간적으로 뱉은 말이었지만, 진원이 이해하리라 생각했다. 진원 역시 승진과 더 나은 연봉을 위해 이직을 하지 않았던가.

　지난번엔 편하게 살고 싶다며.

　너 하나 돈벌이 안 한다고 어려울 집 아니야, 우리 집은.

　어차피 지금도 내 연봉이 더 높고.

　야, 우리 부모님도 목동 집 어렵게 사셨어.

　그런 집을 아들이라고 그냥 턱 하니 내놓고 싶으시겠냐.

　손주 자라나는 거 보시고, 며느리 예쁜 거도 좀 보시고

　그러고 나서 분가하면 좋겠다는 건데.

　야, 우리 부모님은 진짜 정스러운 분들이셔.

　진원이 왜인지 변명을 하고 있는 것 같아도 그 마음만큼은 진심이라고 생각했다. 진원은 객관적인 조건이 나보다 나았음에도 그동안 한눈 한번 제대로 판 적이 없었다. 엄마가 성화라고, 7급 공무원을 한 번만 만나고 오겠다고, 엄마 고교 동창 딸이라 예의상 애프터 한번 청해도 되겠냐고, 그리 말해서 그러라고 했다. 그게 뭐 대수라고, 그런 건 바람도 아니라고 생각했으니까. 진원은 요리도 잘했다. 배달 치킨이 질리면, 김치볶음이라든가 파스타라든가 내키는 대로 안주를 곧잘 만들었다. 집은 늘 깔끔했고, 결혼하면 화장실 청소는 제가 하겠노라 선언했다. 적어도 진원은 나보다 결혼에

대한 의지가 강할 터였다. 결혼 얘기가 나올 때마다 고개만 끄덕였던 나보다야 진원이 훨씬 진심이었다.

　　　진원아, 우리 잠시 시간을 두자.

　　　헤어지자는 얘기 아니야, 절대.

　　　요즘 회사 일도 바쁘고,

　　　이사 문제도 그렇고, 좀 정신없어.

　　　……

　　　비겁하게 굴어서 미안한데,

　　　우리 잠시 쉬었다 가자.

　　　진원은 대답하지 않았다. 아니, 할 수가 없었다. 거래처에서 전화가 왔고, 무언가 사고가 터진 듯했다. 차가 테헤란로에 들어섰고, 빨간불에 횡단보도 바로 앞에서 멈췄다. 5백 미터만 걸어가면 회사였다. 나는 운전대를 잡고 있는 진원의 오른손, 그 손등에 손을 얹었다가 뗐다. 가볼게, 출근 잘하고. 진원은 여전히 통화 중이었고 옆을 쳐다볼 여유가 없는 것 같았다. 주황불로 바뀌었을 때, 조수석 문을 열고 차에서 내렸다.

    과장의 자리는 비어 있었다. 가방이나 소지품이 없는 것으로 보아서는 출근 전인 것 같았다. 과장은 임신을 하고도 늘 8시 50분에 출근 지문을 찍는 사람이었다. 곧바로 과장에게 전화를 걸었다. 그의 남편이 받았고, 남편은 이미 다른 직원에게 전달했다던 이야기를 해주었다. 검사를 더 해봐야 알겠지만 조산될 가능성이 있을 것 같다, 그걸 막으려면 한동안 입원해서 쉬어야 한다, 일단 내일까지는 출근이 힘들 것 같다.

    박 본은 나에게 과장이 준비하던 4분기 신제품 기획안을 마무리하라고 했다. 자식 셋을 낳은 본인의 생각으로는, 과장이 적어도 일주일은 출근이 어려울 것 같다고 말했다. 아니, 단정했다. 사람들은 박 본의 말을 기정사실처럼 받아들였다. 최 과장은? 앞으로 며칠 못 나온다는데. 최 과장님은? 조산기가 있어서 일주일은 못 나오세요.

    신제품 기획안은 다음 주 임원진 회의 때 과장이 직접 발표하기로 되어 있었다.

    혹시 최 과장 돌아오더라도 주 대리가 하는 거야.
    주 대리는 임신 계획 없지?

우리 진원이가 워낙 바빠서 그럴 시간이야 있겠어.

　　호탕한 웃음과 정확한 딕션과 우렁찬 목소리. 사무실 어딘가에서 피식거리는 소리가 들려왔다. 나도 웃었다.

　　과장에게 문자를 남기려다 말았다. 나중에 전화를 해보는 게 나을 것 같았다. 과장의 컴퓨터를 켜고 이미 알고 있던 패스워드를 입력했다. 신제품 개발 폴더를 열어서 가장 최근 버전의 기획안을 USB에 담으려다 멈칫했다. 퇴사한 신입은 광고홍보학을 전공해서인지 이런저런 영상 제작 툴을 잘 다뤘다. 학벌주의에 찌든 회사가 웬일로 전문대 졸업생을 뽑았나 했더니, 이유가 있었다. 회사 입장에서는 기술이 있는 신입을 언젠가 써먹어도 써먹겠다 싶었을 터였다. 신입이 내 컴퓨터에서 신제품 기획안을 복사해 갔을 때, 그때도 임원진 회의를 앞두고 있었다. 신입은 박 본의 지시로 내 기획안을 '요즘 스타일'로 다듬어보기 위함이었다고 했지만, 너그럽게 넘어갈 상황이 아니었다. 예의 없는 행동이라는 것을 강조하며 신입을 꾸짖었다. 나중에 박 본이 과장의 기획안보다 내 것이 마음에 드는데, 내용

은 좋으나 뭔가 고리타분한 느낌이라 신입에게 '양식'
만 '요즘 느낌 나게' 바꿔보라고 한 것이라고 확인을 해
주긴 했다. 전문대생답지 않게 빠릿하고 똑똑해, 일머리가 끝
내줘. 박 본은 신입을 그리 평가했다.

　　과장에게는 퇴근길에 내가 기획안을 마무리 짓
게 된 연유에 대하여 설명하기로 했다. 어차피 과장은
업무 따위 머리에 들어오지 않을 상황일 테지만, 그래
도 예의를 지키기로 했다.

*

　　레일라를 며칠째 마주치지 못했다. 대수로운 일
은 아니었다. 나야 나인투식스의 회사원이고 레일라는
출퇴근이 유동적인 자영업자였으니, 서로 마주하지 못
하는 날이 이어지는 것은 자연스러운 일이었다. 오빠가
다녀간 날에도 레일라는 결국 내가 잠자리에 들 때까지
집에 돌아오지 않았다. 감바스를 만들어놓고 기다리던
내게 자정이 다 되도록 아무런 연락이 없었지만 이해했
다. 지점 오픈으로 바쁘다는 것을 알고 있던 터였다. (집
에 다 와서는 차를 다시 돌리는 일도 종종 있었다.) 현관 앞에 쌓

이는 명품 브랜드의 구두 박스를 보며 레일라의 생존을 확인하긴 했다. 레일라는 쇼핑을 좋아했다. 아니, 쇼핑에 몰두했다. 명품 언박싱 영상에서 본 신상들은 어느새 레일라의 어깨에 걸려 있거나, 두 발에 신겨져 있었다. 오빠는 레일라를 종종 월천녀라고 불렀다. 월에 천만 원씩 버는 여자. 아이고, 우리 월천녀 오늘도 고생했어. 술에 취한 오빠가 레일라를 부둥켜안고 하던 소리였다. 오빠는 레일라가 지점을 오픈한다는 얘기를 듣고 기뻐하면서도, 곱게 생각하지는 않는 듯했다. 그 돈이 어디서 나는 걸까, 월천녀라고 해도 강남땅이 평당 얼만데, 그걸 감당한다고? 공사비는 어떻고. 오빠는 레일라의 일이 잘 풀릴 때마다 조력자를 떠올렸다. 또다시, 나도 모르게 현관 앞의 구두 박스를 보며 대체 저건 누가 사주는 걸까 하는 궁금증이 생겼다. 이내, 궁금증이 상상으로 이어지기 전에, 뭐가 됐든 나와는 관계없다고 신경을 꺼버리긴 했지만.

보고 다니는 집들은 자꾸만 조건이 좋아졌다. 레일라에게는 아직 얘기도 꺼내지 못했지만, 레일라가 흔쾌히 3개월 연장을 해주리라 마음을 놓은 탓이었다.

월세와 보증금을 조금씩 높이자, 중개업자는 나를 성공한 커리어 우먼으로 보았고, 알콩달콩 신혼부부보다 좋은 게 잘나가는 직장 여성이라고 추켜세웠다. 돈 한 푼내지 않고, 발품만 조금 팔면서, 때때로 아이스아메리카노를 얻어먹으며 성공한 인생을 잠시나마 만끽했다. 중개업자의 전화를 기쁘게 받았고, 그가 좋은 집이 나왔다고 할 때마다 보러 다녔다.

그리고 18평의 빌라를 점찍어두었다. 채광 좋은 방 하나, 샤워룸이 분리된 화장실 하나, 베란다를 확장한 거실, 냉장고와 식기세척기가 딸린 주방, 인덕션 2구, 역에서는 15분, 언덕 위, 근처에 대형마트는 없었지만 편의점과 약국이 있었다. 마을버스는 다니지 않았다.

지은 지 이제 3년이에요.

보시는 분들마다 20평대 같다고 좋아해요.

젊은 청년이 살다가 올겨울에 나가요.

있지, 내가 우리 대리님이니까 솔직히 말할게요.

주인 부부 말인데, 사람들이 좀 까다로워.

가계약 직전에 세입자 얼굴 보더니

파토를 낸 게 두어 번은 돼요.

이 동네에 유흥업소가 좀 많아.

거기 언니들이 세입자로 올까 봐 걱정인 거지.

근데 우리 대리님은, 뭐

워낙에 착실한 분이라 그럴 걱정 전혀 없지, 뭐.

대리님은 걱정 말고 도장만 찍음 돼요.

주인 부부가 다소 이른 시기에 세입자를 구하며 그 와중에 사람을 가리는 덕에 내게 순서가 온 것 같았다. 그렇지만 그들이 몇 번 더 퇴짜를 놓는다고 해도 얌전히 나를 기다려줄 집은 아니었다. 연봉이 올라가면 대출 한도도 조금은 높아지는데, 학자금 상환은 얼마나 남았더라. 레일라가 배려해줄까, 설마 매몰차게 나가라고 하진 않겠지. 고민되는 것이 한두 가지가 아니었다. 중개업자에게는 며칠만 더 생각해보겠다고 했다.

아유, 그새 나가도 난 몰라, 알았죠?

중개업자들은 으레 저런 소리를 한다고, 그걸 알면서도 괜히 마음이 움찔거렸다. 마치 내 경제력과 정서에 딱 들어맞는 집을 발견한 것처럼, 다시는 그런 집을 찾을 수 없을 것처럼.

*

과장은 일단 일주일간 쉬기로 했다. 내가 전화를 걸었을 때 먼저 기획안 얘기를 꺼내며 마무리를 부탁해, 덜 민망했다.

퇴근 지문은 8시 50분에 찍었다. 사무실에서 나와 건물을 올려다보니 전 층에 불이 다 꺼져 있었다.

연장근로수당. 회사의 누구도 신청하지 않는 그것, 그러나 존재하는 것. 가끔 패기 있는 신입들이 재무팀에 문의 혹은 항의를 하는 모양이었지만, 회사 내규는 녹록지 않았다. 일단 연장근로를 하기 위한 조건이라는 것이 있었다. 팀 내 상사 및 동료 직원 두 명 이상에게 동의를 구해야 하며, 그들과 논의하에 연장근로의 불가피함을 증명해야 했다. 그러니 연장근로수당에 대해서는 모두가 입을 다물고 있었다. 야근수당도 마찬가지였다. 누군가 노동청에 신고라도 하면 바뀔지 모르겠지만. 아무도 정해진 업무 외의 귀찮은 일은 하고 싶어 하지 않았다. 나 역시 그랬다. 그래도 요 며칠처럼 애쓴 날이면 아쉽기는 했다. 회사를 나오는 마지막 사람이 되는 날이 흔한 건 아니었지만, 몸과 마음이 녹초가 된 날에는 작은 숫자에라도 위로를 받는다면 좋겠다 싶었다.

오토락 도어가 덜커덩 소리를 내며 열렸다. 뒤를 돌아보니 인사 팀 대리가 나오고 있었다. 나를 발견하자마자 손을 열심히, 반갑게 흔들었다. 과장을 포함하여 가끔씩 맥주를 마시는 사이였다. 빠른 걸음으로 다가온 대리는 내게 팔짱을 끼고, 곰살궂게 말했다.

왜 이렇게 늦었어요. 일 많아요?

에구, 언니 힘들어서 어떡해요.

빨리 충원돼야겠다, 좀만 기다려봐요.

대리는 내 한쪽 팔을 두어 번 쓸어내렸다. 순간적으로 그 팔목을 잡아버렸다.

우리 팀 충원해?

대리의 눈이 흔들렸다. 일단 안심부터 시켜야 했다. 저리 사람 좋게 다가와도 어물쩍 웃으며 입 닫아버리는 게 특기였으니, 팔목을 풀어주며 부러 한탄 섞인 말들을 내뱉었다.

내 위쪽으로 누구 안 오나 했거든.

알잖아, 최 과장님 상황도 그렇고.

차장급이든 과장이든 누구라도 왔음 했거든.

최대한 진심에 가깝게 들리도록.

아휴, 언니. 맞아요. 언니 힘들겠어요.

안 그래도 오늘 인터뷰가 있긴 했거든요.

박 본부장님이 직접 들어가셨구.

얘기 들어보니까 경력도 좋고 연봉도 적당하다던데.

아마 과장 아니면 차장 정도 되겠죠.

정말? 진짜? 와, 잘됐다. 부러 짧게 박수까지 치며 좋아했다. 눈치 보며 야근하기도 지겨웠거든. 역까지 가는 내내 대리는 내 한쪽 팔을 붙들고 있었다. 그러면서 재잘재잘, 제 연애 얘기도 했다가, 최근에 다녀온 맛집 얘기도 했다가 정신을 빼놓았다. 그렇구나, 그렇게 되어버린 거구나, 나는 그렇게 읊조렸다.

대리와 헤어지고, 모처럼 비어 있는 자리가 많은 전철 안에서 내내 서 있었다.

괜찮아, 다시 생각해보면 돼.

마음을 잡는 일은 마음먹기에 달린 것. 멍청한 문장 같지만 정말로 그 표현밖에는 없었다, 내게는. 마음을 잘 먹어서 마음을 잘 잡고, 다시 생각을 해보자. 어떻게 하면 좋지?

계약, 보증금, 고시원, 진원, 진원의 부모님, 결혼, 아이, 엄마, 오빠…… 오빠는 접어둬야겠지.

그리고, 레일라. 나의 유일한 구세주.

레일라는 집에서 피아노 재즈를 들으며 와인을 마시고 있었다. 오빠가 레일라 컬렉션이라고 불렀던 고가의 레드와인이었다. 와일드한 풍미가 내 입맛에도 맞았는데. 곧 레일라가 언니도 같이 한잔하자고, 살갑게 말하리라. 마침 술이 당기는 밤이었지만, 사들고 온 네

캔에 만 원, 편의점 맥주는 그리 마시고 싶지 않던 참이
었다.

언니, 할 말이 있는데 잠깐 괜찮아요?
잠깐이면 돼요. 피곤하겠지만 시간 내줘요.

레일라는 스토퍼를 와인병 입구로 밀어넣었다.
잔에 남은 것은 모두 입에 털어 넣었다. 나를 향한 레일
라의 눈빛에서 원망을 느꼈다. 알았구나, 예상보다 빨
리 알아버렸구나. 고민했다. 끝까지 모르는 척을 해야
하나. 민트색 가방? 보테가 베네타? 난 그 가방이 뭔지
도 몰라, 이렇게?

일단, 언니.
월세가 일주일 정도 밀렸어요.
내가 처음부터 부탁한 게,
돈 문제로 얼굴 붉힐 일 없게 해달라고…….

레일라가 기분이 상한 건 밀린 월세 30만 원 때
문이 아니라는 것을 알고 있었다. 그 적은 돈 때문에 팍

팍하게 굴 성격은 아니었다. 내가 오빠의 출입과 도둑
질을 눈감아준 것을 알게 되었고, 그에 서운한 마당에
월세까지 밀려버렸으니 책망할 구실이 하나 더 생긴 거
였다.

　　그리고…… 오빠 다녀간 거 알아요.
　　오빠하고 통화했어요.

　　레일라는 아무래도 플리 마켓에 내놓는 것이 좋
을 것 같아, 보테가 베네타 가방을 찾다가 옷장 안에서
낯익은 형광주황의 라이터를 발견했다. 미미노래방. 오
빠가 종종 가는 곳이었다. 아무리 뒤져도 가방은 나오
지 않았고, 레일라는 오빠에게 전화했다. 최근에 알게
된 오빠의 장점 같지 않은 장점, 구린 짓을 해놓고 상대
방이 눈치챘다 싶으면 변명이라면 몰라도 발뺌은 하지
않는 것. 오빠는 잘못을 빠르게 인정했다. 그러나 이미
가방을 팔아버렸고 그 덕에 발생한 현금은 사라지고 없
었다. 레일라는 오빠를 무단침입 및 절도로 고소하려다
가 참았다고 했다.

나한테 귀띔도 안 해준 언니한테 더 서운하더라구요.

그동안 우리 꽤 잘 지냈는데.

혈육이라 어쩔 수 없었던 건가 싶고.

레일라의 기분을 이해했다. 레일라 입장에서는 너그럽게 거둔 남매가 차례로 자신을 배신한 것 같을 테니까. 몇 달만 더 지내도 되겠냐는 염치없는 부탁까지 앞두고 있던(일단은 말이었다) 나로서는 레일라의 마음이 더 이상 상하는 것만큼은 막고 싶었다.

미안해요, 얼굴 보고 얘기하려고 했는데.

서로 마주치질 못하다 보니.

그래도 어떻게든 먼저 말을 했어야 했는데.

월세는 요새 나도 갑자기 일이 많아져서

정말로 깜빡했네. 바로 입금할게요.

최대한 미안함을 담은 변명이라고 생각했다. 여기서 그래, 나 니가 그 가방 찾기 전까지 모른 척하려고 했어, 라는 솔직함은 필요 없다고 생각했다. 누구에게 이로운 솔직함이라고, 그런 말을 한단 말인가.

언니는, 함께 있으면 유쾌하고 즐거운 사람이에요.

어쩌다 같이 밥 먹는 자리도 불편하지 않아요.

근데……

때때로 이기적인 것 같아요, 언니는.

아직 잘은 모르지만 그런 것 같아요.

화를 멈출 수 없겠지, 원망하고 싶을 거야. 그렇게 스스로를 다독이며 레일라에게 웃어 보였다. 월세는 바로 앱페이로 송금했다.

미안해요, 마음 상하게 해서.

월세는 보냈고,

음…… 나는 쉬어야겠어요.

다시 한번, 미안해요. 쉬어요.

끝까지 웃는 얼굴로 돌아서서 방으로 들어가려는데, 발이 쉬이 움직이지 않았다. 몸을 다시 돌렸다. 얼굴이 약간 굳는 것을 깨달았지만 어쩔 수 없었다.

잘 본 거예요.

사실 나 이기적이에요. 인정해요.

그렇지만……

나, 얼마 전에 앞집 부부하고 마주쳤어요.

둘이 손을 꼭 잡고, 정말 좋아 보였어요.

근데 그쪽에서 먼저 눈을 피하더라구.

나를 보자마자 레일라가 생각난 것 같아요.

그날 밤, 큰 소리로 부부 싸움을 한 게 부끄러웠겠지.

레일라는 나를 처다보았으나, 아무 말도 하지 않았다. 아차 싶었다. 곧바로 후회했다. 남은 두 달을 채우면 꼼짝없이 이 집에서 나가야 할지도 몰랐다. 모든 일이 무산되었다고 인정하기엔 아직 이른데, 일단은 모든 가능성을 열어둔 뒤 차근차근 생각해볼 일인데.

레일라가 웃었다.

하긴, 언니의 그런 점이 좋을 때도 있어요.

나한테 관심 갖지 않잖아요. 질문도 하지 않고.

예를 들어 내가 왜 고기 냄새를 싫어하는지,

왜 레일라인지, 그 가방은 누가 사줬는지.

묻지 않아서 좋았어요.

근데 언니, 나는요,

같은 상황이 또 와도 선택은 하나예요.

......

잘 자요, 언니.

월세는 늘 고마워요.

*

새벽에 진원에게서 전화가 왔다. 몇 번을 알아서 끊기길 두었다가, 거절을 눌렀다.

그 뒤부터는 문자가 연달아 오기 시작했다.

— 안 자고 있었네, 전화 좀 받아봐, 아님 잠깐 얼굴 볼까, 내가 집 앞으로 갈게.

방해금지모드로 설정해두었다. 진원에게는 내일, 내일모레쯤 연락을 해볼 생각이었다.

피곤한 밤이었고, 그저 쉬이 잠에 빠져들고 싶을 뿐이었다.

*

과장이 자리를 비운 지 열흘이 넘었다. 오전에
는 임원진 회의가 있었고, 나는 오랜만에 투피스를 입
고 머리도 한 갈래로 곧게 묶었으며, 5센티 정도의 힐
을 신었다. 박 본은 진원이 몰래 선이라도 보러 가냐고
농을 던지면서도, 회의 직전까지 별다른 말을 하지 않
다가 자료만 받아 갔다. 내 옆에 있어야 할 김 주임이
40분 동안 자리를 비웠다. 그리고 뭔가 상기된 얼굴로
돌아와 자리에 앉았다. 나는 박 본이 내려오기를 기다
렸다가, 담배를 태우러 갈 때 쫓아갔다.

김 주임이 큰 자리 경험이 없잖아.

그냥 어린 후배 기 한번 세워준 거라고 생각해.

별 뜻 없어, 나 못 믿어?

김 주임은 사적으로 박 본을 형이라 부르며 잘
따랐다. 둘이 술자리도 잦았고, 박 본 어머니 상중에 김
주임이 애쓴 것도 알고 있었다. 그런데 그것이 신제품을
기획해본 적도 없는, 윗분들 드라이버만 2년을 한 애송

이에게 기회를 줄 이유가 되는 것인가, 어제의 인터뷰이는 누구인가, 왜 나를 속였는가, 아니 정말 나를 속인 건가, 끊임없이 생각했다. 어떤 답도 나오지 않았다.

점심시간을 앞두고 중개업자에게서 연락이 왔다. 마음은 정한 건지. 18평 빌라가 힘들면 괜찮은 매물이 하나 더 있다, 원룸인데 꽤 넓다. 평소라면 점심을 간단히 때우고 '꽤 넓은 원룸'을 보러 갔을 수도 있었다. 그러나 오늘은 답하지 않았다. 12시가 되자마자, 지갑을 챙겨 사무실에서 나왔다. 주차장 구석에 모여 담배를 태우고 있는 박 본과 김 주임, 남자 사원들을 보았다. 박 본이 나를 발견하고 손을 드는 순간 고개를 돌렸다. 걸음을 빨리했다. 뒤에서 박 본이 우리 곰국시 먹으러 갈 건데, 라고 외치는 소리가 들렸지만 못 들은 척 걸음을 더 빨리했다. 7분쯤 걸어 회사 반경에서 벗어났다. 붐비지만 자리가 넘치는 프랜차이즈 카페에 들어갔다. 차가운 아메리카노와 샐러드를 주문해서 창가 쪽 1인 테이블에 앉았다. 아메리카노를 들이켜고, 얼음을 씹어 댔다.

HERB는 가입 회원 수 최다의 구인 구직 사이트였다. 인기 요인 중 하나는 누설 게시판이었다. 그곳은 재직 중이거나 퇴직한 회사에 대해 썰을 푸는 공간이었다. 어느 회사인지 구체적인 공개는 하지 않는 것이 룰이었지만 과장의 말로는 동종업계라면 몇 가지 힌트만으로도 어느 정도 눈치챌 수 있다고 했다. 때때로 과장은 누설 게시판에서 보고 온 경쟁업체에 대한 애기를 해주었다. C회사 인사 팀장이 알고 보니 사장 손자더라, K회사 대표가 코카인 밀수를 한다더라, 어디는 팀당 사내 수면실이 따로 있을 정도로 빡세다더라……. 그러면서 우리 회사를 떠나 갈 곳이 없다고 투덜거리기도 했다. 원래 회사의 결점에 대해 말하고자 하면 끝도 없는 것 아닌가. 만족하는 회사라는 게 과연 있을 수 있을까. 회사란 조직은 어디든 도긴개긴의 고질적인 문제를 안고 있었다. 이직이란 언제나 차악을 선택하는 것이었다.

어쨌든 동종업체의 구인 정보를 알고 있어서 나쁠 건 없었다. HERB에서 관심이 가는 몇 곳을 저장해두었다. 연봉이 낮거나, 경력이 모자라거나. 지금의 내겐 넘치거나 부족한 자리가 대부분이었다. 샐러드를 다 먹고 나니 점심시간이 20분 정도 남아 있었다. 누설 게시판에 들어가서 글을 두어 개 읽었다. 과장이 들여다

보며 키득거렸던 이유를 알 것도 같았다. 회사에 대한 험담뿐만 아니라, 오피스에서의 연애, 터무니없는 실수 등의 에피소드도 있었다. 뭐가 됐든 아무 생각 없이 즐길 수 있는 남의 이야기였다. 금주 베스트에 들어가서, 아무 글이나 클릭했다. 아이디는 네버마인드, 제목은 '말리지 않는 시누이가 더 미울 때'였다.

한 2만 보 정도 양보해서 본부장은 그렇다고 쳐. 어느 회사에든 있는 변태 아저씨라고 쳐. 근데 내 사수는 너무한 거 아님? 어떤 날은 본부장한테 더러운 말을 공개적으로 듣고 창피하고, 울고 싶고, 막 그랬는데. 그래서 점심 거르는 날도 있었는데. 사수가 뻔히 알면서도 나한테 한다는 말이 '다이어트 심하게 하지 마라'였어. 그 말 듣고 진짜 눈물 나더라. 내가 먼저 사수한테 면담 요청할 생각도 해봤지. 근데 그 선 긋는 거, 정말 무서워. 차라리 같이 괴롭히기라도 하면 좋겠다고, 싹 다 신고해버리게 하는 생각도 했어. 회식 때 술에 취해서는 언니라고 불러라, 뭐 그러면서 사람 좋은 척 다 하더니. 변태 짓 하는 본부장보다 더 미웠어, 사수가. 아직 회사 다닐까. 왠지 다닐 것 같아. 쿨한 척하면서, 모른 척하면서 그렇게 아주 잘 버티고 있을 것 같아.

　　이런 개인적인 글을 올리는 이유는 무얼까. 나쁜 놈보다 더 나쁜 놈 찾았다고 소리치고 싶은 건가, 더 나쁜 놈을 같이 씹고 싶은 건가. 장문의 댓글들이 많았다. 위로나 응원, 동질감을 표하는 하소연. 흥미를 넘어선 감정이입이었다. 보고 있자니 피로해졌다. 창을 닫고 남은 커피를 한입에 들이켰다. 12시 50분이었다. 빠른 걸음으로 걸으면 1시에 맞춰 사무실에 들어갈 수 있을 터였다.

*

　　진원에게 몇 호에 사는지 가르쳐준 적은 없었다. 별다른 의도가 있었다기보다는, 남의 집에 얹혀살고 있는 상황이니 말하기가 내키지 않았을 뿐이었다.

　　707호 앞에서 고개를 떨군 채 휘청거리고 있는 진원을 봤을 때, 대체 어떻게 안 것인지 궁금해졌다. 설마 1층부터 20층까지 우편함을 다 뒤진 것인가. 그러다 내 이름을 찾아낸 것인가. 아니면 내가 레일라의 본명을 진원에게 말해준 적이 있던가.

　　진원은 큰 덩치를 감당하지 못하고 자꾸만 앞으로 고꾸라졌다.

　　　　　진원아.

　　그래도 한 번에 알아들었다. 진원은 등을 벽에 기대며 배시시 웃었다.

　　　　　졸려서 그래, 취한 거 아니야.
　　　　　알지? 나 술 세잖아.

　　나는 잠자코, 그저 고개를 끄덕였다.

　　　　　나 목말라, 물 좀 줘.
　　　　　일단 집에 들어가면 안 돼?

　　시계를 보니 9시 반이였다. 나는 저녁을 먹고 맥주까지 한잔하고 온 터라 평소보다 귀가가 늦었다. 레일라의 귀가 시간은 매번 달라 예측하기 어려웠지만,

레일라가 없다고 해서 진원을 집에 들이고 싶지도 않았
다. 그런 일로 레일라에게 양해를 구하는 연락은 하고
싶지 않았다.

나가자. 편의점에서 얼음물 사줄게.
후배가 돌아와서 쉬고 있을 거야.
다음에, 정식으로 초대하든지 할게.

진원은 갑자기 화를 냈다. 한 번도 보여준 적 없
던 모습으로, 시작은 웅얼거리다가, 마지막엔 고함, 그
렇게 반복이었다. 알아들을 수 있는 말은 남자랑 사는 거
아니야? 후배가 남자지? 뿐이었다. 급하게 손을 뻗어 진원
의 입을 막아보았지만, 진원은 나를 뿌리치고 현관문을
두드렸다. 나는 왠지 레일라가 없을 것만 같아서 앞집
부부에게 들릴까, 그것만 신경 썼다.

언니, 괜찮아요?

문이 열린 건 우리 집, 아니 레일라의 집이었다.
막 씻은 듯, 젖은 머리의 레일라. 나는 얼굴이 달아오르

는 것을 느꼈다. 진원은 레일라를 보며 히죽대다가 고개를 까닥이며 장난스럽게 인사했다. 아이구, 우리 후배님. 후배님이세요?

언니, 곤란한 거면 말해줘요.

곤란하긴. 진원이 오늘 거칠긴 해도 뭔가 저지를 만한 용기는 없을 터였다. 그저 연락을 무시당한 것에 대한 화풀이를 좀 아이 같은 방식으로 할 뿐이었다. 고개를 저었다.

괜찮아요. 쉬어요. 나갔다 올게요.

진원은 후배가 여자라는 사실에 일단 진정이 되었는지 내 부축을 받으며 엘리베이터로 향했다. 현관문이 닫히는 소리는 들리지 않았다. 레일라가 근심 어린 눈빛으로 바라보고 있을 것 같아 민망하고 거슬렸다. 제발, 이건 내 일이야. 애인이 술에 취해 집에 찾아온 게 대수야? 엘리베이터에 타자 진원은 내 쪽으로 쓰러지며 나를 꼭 껴안았다. 그래, 그래 다 괜찮다고.

숙취해소제와 생수를 사서 진원의 차에 탔다. 진원은 조금씩 눈빛이 돌아오고 있었다. 접대 자리에서 술을 꽤 마시고, 그 자리가 파한 뒤 혼자 마신 모양이었다. 대리운전으로 여기까지 왔고, 기사의 운전이 거칠어 속이 불편했다고, 네가 오기 전까지 벽에 기대 졸았는데 잠결에 큰 소리가 나와버렸다며 미안하다고. 진원은 민망해했다. 그런 진원의 뺨을 몇 번이고 쓸었다. 707호인 줄 어찌 알았느냐고 묻지는 않았다. 우리가 거리를 둔 것은 이번이 처음이었다. 2년 동안 말다툼 한번 오간 적도 없었다.

니가 이러는 거 당황스러워.
결혼할 마음이 없는 거야?

진원은 처진 눈으로 나를 바라보았다. 대답을 않고 잠시 뜸을 들였다. 힘든 시간이 되더라도 우리에겐 거쳐야 할 과정이 있었다. 헤어지자는 것이 아니었다. 진원과 헤어지고 새로운 연애를 시작할 것을 생각하면 아득했다. 직장이나 연애나 새롭게 시작하는 것은 쉬운 일이 아니었다. 연애도 어쩌면 차악을 선택하는 일이 아닐까. 그러니까, 다 그렇고 그런 사람들 사이에서 나에게 가장 덜 해로운 사람을 찾는 것, 그 사람을 사랑한다고 믿는 것.

잠깐 쉰다고 생각하자, 두 달 정도만.
진원아, 우리 헤어지는 거 아니야.
그럴 리 없잖아.

진원이 담배를 물었다. 불을 붙이는 손끝이 자꾸만 엇나갔다. 진원은 욕지거리를 하며 담배와 라이터를 창밖으로 던져버렸다. 그러고는 시동 버튼을 눌렀다. 말릴 틈도 없이 차는 출발했고, 진원은 핸들을 거칠게 틀었다. 나는 결국 큰 소리가 나와버렸다.

너 아직 술기운 안 가셨어.
왜 이래. 여태껏 이런 적 없잖아.

입을 다문 진원을 보며, 일단 안전벨트를 맸다. 요즘엔 음주운전 적발 시 동승자도 처벌한다던데, 끔찍하고 귀찮았다. 신호를 네 번 받고 테헤란로에 들어섰

다. 퇴근 시간이 지나 한산했고, 덕분에 진원은 더 속도
를 냈으며, 7분여 만에 성수대교 진입을 앞두게 되었다.
접촉 사고라도 난 모양인지 앞차들의 움직임이 더뎠다.
나로서는 다행이었다. 핸들을 잡고 있는 진원의 오른손
을 잡았다.

잠깐 세우고 자리 바꾸자.

진원은 나를 바라보았다. 붉어진 두 눈에 마음
이 약해지려던 찰나.

나쁜 년, 너도 똑같아.
이렇게 시간 끌고 애태우면
뭐라도 하나 더 얻어서 결혼할 것 같지?

진원이 나를 만나기 전, 파혼했다는 얘기는 들
었다. 아무렇지 않은 척, 세상을 다 배운 척했던 진원이
었다. 진원에게 묻고 싶었다. 나에게 했던 요구들, 목동
집을 얻기 위해 해야 할 노력에 대해 그 피앙세에게도
말했느냐고. 차가 움직이기 시작했다. 역시나 중형차

두 대가 대교 초입에 멈춰 있었다. 그들을 피해 차들은 다시 속도를 냈고, 진원도 마찬가지였다.

진원은 거칠게 차선을 바꿔댔고, 앞차가 조금이라도 더디면 클랙슨을 울려대며 욕을 했다. 느러터진 새끼, 가로막지 마 개새끼야, 꺼져, 나쁜 년, 이년이고 저년이고 다 똑같아.

나는 여전히 진원의 오른손을 꼭 잡고 있었다. 그가 좌우로 핸들을 틀 때마다 내 상체도 함께 움직였다. 진정해 제발, 어? 이러다 사고 나. 진원아. 입 닥쳐, 시발. 내리든가, 시발.

진원과 나는 2년 동안 무얼 한 걸까. 어쩌면 나는 차악을 선택하는 데도 실패한 걸지 몰랐다. 진원의 손을 놔주었다. 눈을 꽉 감았다가 떴다. 망설이지 않고 조수석 문을 열었다. 밤바람이 괴상한 소리를 내며 기세 좋게 파고들었다.

야, 너 미쳤어?

내게 소리치면서도 진원은 속도를 줄이지 않았다. 나는 양손으로 손잡이를 꼭 잡고 차 문을 좀 더 열었다. 여기서 놓치면 큰 사고가 난다는 두려움이 일었다. 그래도 닫지는 않았다.

내려줘, 갓길에 세워.

진원이 성질을 못 이기고 클랙슨만 거칠게 쳐댔다. 그러다 결국엔 차머리를 오른쪽으로 틀었다. 차가 멈출 때까지 나는 손잡이를 쥔 양손에서 힘을 빼지 않았다.

내려, 아니 꺼져.

진원 쪽을 보지도 않고 차 문을 최대한 멀리 밀어 열었다. 내가 내리고, 문이 제대로 닫히기도 전에 진원은 다시 액셀을 밟았다. 그 위태롭게 나아가는 것을 바라보다가 몸을 떨고 있다는 사실을 깨달았다. 강바람에 양팔을 끌어안았다. 차들은 여전히 맹렬히 달리고 있었다. 좀 걷다가 택시를 잡아보려는데 익숙한 차머리가 라이트를 밝혔다.

레일라.

너는 나의 구세주일까.

　　별일 아닌 것 같으면

　　차 돌려서 가려고 했어요.

　　미안해요, 쫓아온 건.

　　차창에 고개를 내밀고 있는 레일라. 도로 소음에 묻혀버리지 않는 다정함. 힘이 빠져 주저앉아버리는 나. 이윽고 코끝에 다가오는 덜 익은 사과 냄새. 그것을 품은 바람. 한쪽 어깨에 얹어지는 레일라의 손. 적당한 힘으로 내 어깨를 쥐는 그 손.

　스무 살 때, 고기를 먹다가 대차게 체했던 적이 있어요.

　　소고기, 삼겹살 다 섞어 먹었는데.

　　그걸 다 게워낸 기억이 아직도 나요.

　　그래서 고기 냄새가 싫어요. 그뿐이에요.

　　나는 결국 그 손을 붙잡았다. 울컥, 밀려오는 것들을 그대로 두었다.

일일二日

1

다섯 살 난 조카와 영상통화를 한다. 나와 말하
느라 아침 식사에 소홀하기에, 이만 끊자고 한다.

왜, 이모 또 자게?

저 어린 것 머릿속에 뭐가 들었지. 조카한테 속
고 있는 기분. 저 다섯 살배기가 사실은 다 꿰뚫어 보고
있는 것 아닐까? 제 이모가 어떤 사람인지, 얼마나 게으
른지.

아니야, 이모도 밥 먹어야지.

이모 맨날 누워 있잖아.

너무 아픈 말이다. 결국 완패를 당하고 통화를 종료한다.

더워진 공기를 핑계로 등산을 관두었더니 잃은 게 많다. 엉덩이 근육, 육개장 사발면, 저주력. 할리 베리처럼 건강한 몸을 만들고 싶었고, 정상에서 먹는 육개장 사발면은 진국이었다. 산을 타는 내내 남에게 들은 말들을 곱씹었다.

여자 감독은 아이돌 데리고 기획 영화나 찍어야지.

입사 후에 결혼해버리면 곤란해.

친구 아들도 예술대 나왔는데 사는 게 별 볼 일 없어요.

월급은 못 줘. 글 쓰는 거 배운다고 생각해.

못된 것들. 방 안에 들어온 모기를 온갖 노력에도 불구하고 한 나흘은 잡지 못해 고통받는 정도의 불운이 너희에게 있기를. 돌계단 하나에 저주를, 돌계단

둘에 또 저주를 하곤 했다. (그렇게 정상에 오르면 대체 내가 몇 명에게 저주를 해댄 건지 셀 수 없었다.)

한데 지금은 그 사람들이 알아서 망했으면 좋겠다. 귀찮다. 누군가를 저주하는 일은 품이 많이 든다. 내 경우는 그렇다. 나에게 저주란 이를 닦으며, 이부자리를 정리하며, SNS 피드를 넘기며 할 수 있는 일이 아니다. 적어도 등산을 해야 한다.

저주에 힘을 쓰지 않는 대신, 글을 열심히 써보기로 한다. 조카 말대로 되지 않으려고 노력한다. 조카가 열다섯 정도 되었을 때, 내 글을 읽을 수 있다면 좋겠다. 그때까지 한국문학 아카이브에 내 글이 온전히, 부끄럼 없이 남아 있길 바라본다.

믹스커피 두 포가 들어간, 얼음 가득한 커피를 마시며 아이맥 모니터를 노려본다.

어제는 내 이야기 속 그가 불쌍했는데 오늘은 어처구니가 없다. 자기 연민은 끔찍이 싫어하면서 또다시 자기 연민을 품은 인물을 만든다. 그래도 술에 취해 상대에게 너는 너무 예뻐, 진짜 예뻐 그런 소리를 남발하게 놔두진 않는다. 함부로 아무에게나 구원받게 두지도 않는다. 결국 내가 만든 그가 꼴 보기 싫어 화가 난다. 머리를 쥐어뜯고 있는데 엄마가 부른다.

우리 애기 어디다 뒀니. 같이 사는 강아지를 찾는다. 어쩔 수 없이 자리에서 일어난다. 엄마, 나 알 것 같아. 아까 분리수거하고 왔죠? 중문을 여니 강아지가 현관에 똬리를 틀고 앉아 있다. 또 갇혔네. 아무래도 순발력이 별로인가 보다. 강아지는 내 손등을 곰살맞게 핥는다.

집중을 멈춘 김에 작은 소비에 집착한다. 무라카미 류처럼 이탈리아 고급 수제 셔츠를 사는 것도 아니면서 장바구니에 넣었다 말았다……. 양말 몇 켤레일 뿐인데. 하나는 캐시미어, 둘은 울 양말이다. 결제 단계로 넘어가는 순간에는 켤레당 9천 원의 양말은 결코 비싼 게 아니라고 생각한다. 그러다 막상 '확인을 누르면 결제가 완료됩니다'라는 메시지가 뜨면 망설인다. 대체할 양말이 서랍 한가득 있다는 것은 인정한다. 사지 말까. 그렇지만 양말은 가계에 큰 영향을 미치지 않으면서도 구매욕을 채울 수 있는 물건 중 하나임을 부정해서는 안 된다. 적립된 포인트를 사용하니 배송비가 사라진다. 그렇다면 구매 결정. 어쩔 수 없다.

핸드폰은 내려놓았지만, 아이맥을 다시 보고 있지만, 어쩐 일인지 유튜브가 열려 있다.

별수 없다. 잠시만이다.

응원해오던 사람들을 찾아본다. 희극인 장도연 씨는 능청맞아 보여도 연기 도중 웃어버릴 때가 있다. 무해한 그 모습을 좋아한다. 이어서 보아 씨. 탁성이 줄어든 〈기적奇跡〉을 들으며 위로를 받는다. 열네 살 보아 씨의 춤추는 힘찬 발, 허공 위로 높이 뻗는 그 동작 역시 여전히 내게 힘을 준다. 그리고 햇님 씨. 입 짧은 그가 라면 다섯 봉지를 끓여, 단무지를 곁들여 먹는 모습을 본다. 라면은 영양가 하나 없이 살만 찌우는 음식이라는 사실을 비웃게 된다. 햇님 씨가 오래도록 라면을 먹어주길 바란다. 그들에게 누군가가 실시간으로 내뱉는 바보 같은 말들은 무시하라고 말하고 싶어진다. 그러다 이미 그들이 그런 사람인 것에, 웃는 얼굴로 옳은 말을 하며 자기를 보호할 수 있는 사람인 것에 감탄한다.

결국에는 다음 사건이 생각나질 않는다는 평계를 안고 서촌으로 향한다. 일단 수성동계곡 입구까지 걷는다. 누상동의 꼬불꼬불 빌라촌을 지나, 카페나 밥집이 모여 있는 누하동에 이른다. 누하를 떠났다가 몇 년 만에 돌아온 우동집에 들르고 싶어진다. 김치우동에 소주 두 잔만 먹으면 좋겠다. 금방 올 수 있는 친구를 불러낸다. 친구가 왔으니 안주를 하나 더 먹을 수 있음에 기쁘다. 완전무결한 사람은 재미없다고, 글을 쓴다는 애가 그것도 모르냐고. 친구가 면박을 준다. 맞다. 인간의 이중성에 대해 괴로워한 게 잠시 덧없어진다. 친구와 소주를 반병씩 나눠 마시고 헤어진다. 집에 가는 길에 커다란 그림자 같은 인왕산과 만난다. 정상을 넘어 기차바위까지 갔던 게 불과 한 달 전이다. 내일은 일찍 일어나 냉침한 보리차를 챙겨 산에 오르고 싶어진다. 아니다. 보리차는 지금 먹고 싶은 거다. 소주 몇 잔에 목이 말라버린 것 같다.

아니다. 등산은 아무래도 안 될 것 같다.
더 이상 저주하고 싶은 사람들이 생각나지 않는다.
누군가를 미워하는 일은 품이 많이 든다. 귀찮다.

그렇다고 다 용서한 것은 아니다.

글을 쓰고 싶을 뿐이다.

여름.

2

바람의 고장이라는 마을 초입의 표석을 머문 지 일주일이 지나서야 발견했다. 눈썰미가 없다는 사실을 이렇게 또 상기한다.

바람 많은 섬, 그 안에서도 유독 바람의 기운이 매서운 동네에서 지낸다.

스물하나둘 때부터 본가를 나왔다 들어가길 반복했다. 적을 두어야 할 곳들이 본가에서 한참 먼 덕분이었다. 남의 나라에서 겨우 살 만하다고 느꼈을 때, 서울의 변두리로 향했다. 거처가 바뀌는 것은 내 선택이지만, 사실 나는 어떤 환경에서나 잘 지내는 인간은 아니다. 서울에 돌아와 오래된 주택가 안, 원조 닭갈비집 옆, 원룸에서 지내야 했을 때는 많은 밤 가위에 눌렸다.

　다시 본가로 들어와 지낸 지 5년이다. 오랫동안 마음에 두었던 동네에 살고 있어 정신적으로 충만해진 상태이기도 하다. 다만, 어쩔 수 없는 마음이라는 것이 있다. 혼자 지내어 불편한 것들을 감내할 수 있을 만큼 혼자 지내는 시간이 간절해졌다. 한 번 더 본가에서 나올 때라는 생각이 든다. 바람 많고 양배추가 다디단 마을에서 머물게 된 이유다. 이곳의 구옥들을 보고 다닌다. 1960년대에 지어졌다는 집이 조금 마음에 든다. 5평 남짓한, 욕실이 딸린 별채가 매력적이지만 이웃집들과의 거리감은 고민해봐야 할 일이다. 특히 앞집과는 어떤 허물도 없이 지내야만 할 것 같다. 그 정도로 코앞이다. 집 마당은 넓은 편이 좋다. 햇빛 아래에서 우스꽝스러운 짓이라도 하고 있을 때 노골적인 시선이 느껴지는 것은 바라지 않는다.

　서울에서 끝낸 이야기를 다시 한번 들여다본다. 작업 환경이 바뀌었으니, 더 나은 만듦새를 기대해보지만.

쥬리와 나는 도긴개긴인 각자의 필드에서 세상은 참 후진 모습을 하고 있음을, 그 안에서 작은 변화 하나를 만드는 것은 어려운 일임을 깨달았다. 우리가 영화를 배운 것은 결국 누군가를, 어느 집단을 뒤쫓는 자, 혹은 그들에게 뒤처지는 자가 되기 위함이 아니었을까.

(……)

우리는 순진하게도 우리가 계속 부딪치면 언젠가는 바뀌리라는 믿음을 버리지 못했다. 그 믿음이 지금의 우리를 있게 했다는 것, 그것만이 우리가 믿을 수 있는 유일한 진실이었다.

나는 여전히 화가 많고, 독한 말도 잘한다. 영화를 함께 배우던 이들 중 극히 일부하고만 연락을 나누지만, 듣는 소식은 그보다 많다. 누구는 결혼을 했고, 누구는 글을 쓰며 처방약을 먹고, 누구는 회사원이고, 누구는 여전히 학교에 적을 둔다. 입봉을 했다는 소식은 근 일이 년 사이 드문드문 들려온다. 아는 이의 영화를, 그것도 데뷔작을 보러 가는 것은 왜 이리 어려운지. 그

어려운 마음에 자격지심이 있음을 인정한다.

서울에서 가져온 글이 완벽하게 자기만족일 수
밖에 없다는 사실에 좌절한다. 그러다 만다.

양배추, 양파, 당근, 오이를 썰어 한곳에 모아둔
다. 소스가 없다. 먹을 것을 앞에 두고 부랴부랴 다녀오
기에 편의점은 다소 먼 거리다. 고민을 하다가 아직 새
것인 월남쌈 소스를 떠올린다. 이곳에서 종종 신세 지
는 분이 직접 길렀다며 챙겨준 레몬을 잘라 즙을 낸다.
월남 레몬 소스, 생식에는 이만한 소스가 없다.

혼자 지낼 집을 구할 수 있을 거라는 기대를 버
리지는 않는다. 바람은 많으나, 양배추와 양파가 달다.
콜라비는 전으로 부쳐 먹을 만큼 지천이다. 먼 듯해도
걸어갈 만한 곳에 바다가 있고, 그곳에서 파는 반건조
한치는 부드럽다.

거처가 자주 바뀌더라도 긴 시간 동안 여행자처
럼 이 섬을 배회해보고 싶기도 하다.

그럼에도 서울을 생각한다. 이곳에서 누하동이나, 연희동 골목에 있을 법한 작은 술집을 찾아낸다. 위스키와 진저에일의 배합이 완벽한 곳이다. 이곳에 있는 동안 자주 찾게 될 것 같다. 어쩔 수 없다. 숙소에서는 편의점보다 술집이 더 가깝다.

걸을 때마다 바람이 등을 밀어준다. 걷는 것이 귀찮은 날에는 바람이 반갑다.

집에 돌아와 세수를 하고 따끔따끔한 얼굴을 쓸어내며 그제야 깨닫는다.

오늘 맞은 그 바람이 얼마나 매섭고 거칠었는지. 역시 바람의 마을이다.

야식은 막걸리다.

겨울.

발문

박수를 짝짝 치며
소설을 읽는 마음

— 오지은(뮤지션, 작가)

찌질한 상황을 많이 봤다. 어떤 때는 내가 찌질한 사람이기도 했고 어떤 때는 상대가, 어떤 때는 같이 찌질했다. 세상의 모든 사람을 만나서 찌질 측정기로 찌질도를 측정한 것은 아니니 나나 타인, 특정 직업군, 특정 성별이 찌질하다고 잘라 말하긴 힘들다. 공식적으로는 그렇다. 하지만 짧은 인생 얕은 소견으로 본바, 어떤 (안전을 위해 넣은 단어) '한국' '예술계' '남자들'의 찌질함은 '흥미롭다'. 공식적으로는 이 정도로 표현할 수 있을 듯하다.

재미있는 상황을 보면 생각한다. 아, 누가 소설로 써줬으면 좋겠는데. 기왕이면 젊은 여자가. 왜냐하면 어떤 나이대의 어떤 성별의 시각으로 본 예술 작품은 차고 넘치기 때문에. 자기 연민 없이/웃기고 또 누군가에겐 슬픈 순간을/건조하고 가감 없이 재미있게/누군가 적어줬으면 좋겠는데. 지금 자기 자신이 멋지다고 생각하면서 대사를 뱉고 있는 사람의 벌거벗은 임금님적 순간을 누가 집어내줬으면 좋겠는데. 기쁘게도 요즘 그런 작품들이 보여서 신이 난다. 배기정 작가의 작품을 읽으면서 마음속으로 박수를 짝짝 쳤다.

한때는 이해하려고 노력했다. 저 사람은 왜 저렇게 분노에 차 있을까. 저 사람은 왜 저렇게 콤플렉스가 많을까. 저 사람은 왜 저렇게 힘들어할까. 사회가 쥐여준 짐이 너무 무거워서일까. 순수해서일까. 꿈이 커서일까. 그럼 나는 그를 도와주고 연민하고 동경하고 응원하고 편들어줘야 할까. 왠지 그런 사회적 분위기가 있었다. 훌륭한 뮤즈가 되어야 할 것 같은! 돌이켜보면 정말 싫었다. 웃음이 날 정도로 싫었다. 알량한 자기만족을 위해서 나를 도구로 쓰려던 사람들. 뭘 그렇게 대단한 걸 만들고 뭘 그렇게 대단하게 살아가려고 그랬던 걸까.
지금은 안다. 대단하지 않아서 더욱 그랬다는 것을.

「남은 건 볼품없지만」을 읽었다. 우리 섬정이. 시 쓰는 아버지, 엄마 때리는 아버지 밑에서 자라고 후재 같은 남자랑 가끔 자는 섬정이. 그런 와중에 어린 여자친구한테 잘해주라고 충고하는 섬정이. 그런 섬정이가 같이 일하는 사람은 현학적인 눈매의 45세 영화감독. 그러다 8개월 만에 교체된 섬정이. 나는 안다. 예술남들이 섬정이를 얼마나 좋아하는지. 말이 잘 통하고 자기 예술을 이해해주고 가끔 도움도 받고 어쩌면 잠도 잘 수 있는 그런 섬정이를 얼마나 좋아하는지. 그리고 얼마나 '짧은 기간'의 섬정이만을 좋아하는지.

아이구 섬정이 쯧쯧, 하고 넘어가고 싶지 않다. 섬정이의 상황에 대해 생각을 안 할 수가 없다. 사람들은 이 판에 들어오고 재능을 보여주고 운이 좋으면 기회를 얻고 크레딧을 쌓아 성장하고 더 큰일을 얻는다. 그렇게 자리를 잡는다. 운과 재능과 버티기가 동반되어야 하는 간단치 않은 과정이다. 앞에 '사람들은'이라고 썼지만, 사실은 그렇지가 않다. 그냥 남아서 버티는 사람들의 성비를 보면 알 수 있다. 이상하다, 학교에 다닐 땐 성비가 비슷비슷했는데 다들 어디로 갔지? 그 똑똑하던 여자 선배들은 다 어디로 갔지? 이상하다는 생각이 들었을 때 이미 나는 판에서 쫓겨난 섞정이다. 새로운 섞정이들이 빛나고 있다.

섞정이의 이야기는 이것에 대한 이야기가 아닐 수도 있다. 한 사람의 인생을 이렇게 납작하게 정리하면 안 되는 것이다. 하지만 여러 사람의 인생을 모아 멀리서 보면 보이는 것이 있다. 이상한 경향성이 분명히 있다. 예전에는 그 경향성에 대해 모른 척하는 것이 미덕이었다. 개인이 뛰어넘어야 될 일이라고 생각했고, 중요한 이야깃거리로 받아들여지지 못했다. 그 시대의 중요한 것이란, 그녀가 벗어놓고 간 셔츠에서 나는 묘한 향기와 적적한 오후의 파스타와 오렌지빛으로 물든 커튼이었다. 그런 시절이 있었다. 이제 우리에게는 '아오 아까운 내 셔츠' '이거 찾으러 간다고 문자를 해 말어' 하고 고민하며 담배를 뻑뻑 피우는 그녀의 이야기가 있다. 앞에서 박수를 짝짝 친 이유는 그래서였다.

정작 섞정이는 이렇게 생각하는 나를 굳이? 하고 넘겨버릴 수도 있다. 그건 섞정이의 자유다. 섞정이는 많은 순간을 거칠 것이다. 나 또한 그랬듯. 그래서 나는 이 이야기 다음이 몹시 궁금하다. 이 모든 모험을 거친 섞정이는 어디로 갈까. 예술 하는 나부랭이들하고는 몸은 섞어도 말은 섞으면 안 되는 거라고 생각하는 똑똑한 섞정이. (결국 섞어버리는 섞정이지만……) 더 이상 섞정이가 45세의 현학적인 감독에게 재능을 뜯기지 않길 바라며.

「끝나가는 시절」의 주인공은 더럽게 눈치 없는 중국집 주인 송원이다. 송원은 음악이 하고 싶었다. 이 말은 많은 것을 함축한다.

낭만파 새끼. 이것이 송원의 우상인 유키(만우)가 송원에게 내린 정의다. 송원이 상상하고 있는 음악의 세계가 빛나고 달콤한 만큼, 유키가 느끼는 송원에 대한 증오는 클 것이라 짐작한다.

내가 버린 꿈을 주워서 계속 예쁘게 닦고 있는 사람을 보면 무슨 기분이 들까. 얼마나 싫을까. 내가 겨우 버렸는데. 왜 자꾸 네가 줍느냐 말이야. 아무것도 모

르면서. 한가롭게 꿈만 꾸고 앉았고. 계속 음악을 하라
니. 네가 뭔데. 나보고 그 고통을 계속 느끼래. 너의 잠
깐의 달콤함을 위해 내 인생을 계속 말아먹으라고? (실
제로 모든 뮤지션들이 이렇게 생각한다는 것은 아니고 그냥 유키
에게 과하게 이입해보았습니다.)

하지만 송원은 유키가 뱉은 한숨 같은 거짓말을
진짜 꿈과 보석으로 만들어주는 사람이다. 송원은 계속
그 단꿈에 젖고, 유키는 계속 거짓말을 할 수 있었다면
좋았을 텐데, 세상은 그렇게 간단하지가 않다. 꿈에는
끝이 있고 거짓말은 들통이 난다.

적어도 둘이 만나지 않았다면 좋았을까. 계족반
점에서 딱 만나버릴 건 무어람. 둘의 세계가 겹쳐버릴
건 무어람. 그 덕에 우리는 많은 것을 알게 되었다. 무대
에서 사라진 유키가 어디로 갔는지. 어떻게 만우가 되
었는지. 얼마나 잡놈인지. 우리 눈에는 다 보이는데, 동
네 사람들 눈에도 다 보이는데 송원의 눈에는 보이지
않는다. 송원의 재능은 그것일지도 모른다. 빛나는 것
을 계속 빛나는 채로 간직하는 재능. 그건 정말 얻기 힘

든 귀한 재능이다. 한때 열광했던 것들은 쉽게 부끄러
운 것이 된다. 아아, 한때 많이 들었지. 한때 좋아했지.
(이제는 싫어.) 한 걸음 더 나아가면 내가 왜 그랬나 몰라,
까지. 우리가 가볍게 하는 말이다. 한 시절은 언제 끝나
는 것일까. 유키가 음악을 관뒀을 때? 송원의 마음에서
유키의 노래가 재생을 멈출 때?

둘의 어긋난 러브 스토리는 당연히 끝이 난다.
시절에는 흠집이 너무 많이 나버렸다. 튀어버리는 CD
처럼. 하지만 송원이 붙잡고 있는 시절은, 해사하게 웃
는 유키의 미소와 멘톨 향은 어쩌면 시간이 갈수록 더
아름다워질지도 모른다. 그건 정말 멋진 일이다. 유키
의 음악에 그런 가치가 있는지, 송원이 얼마나 민폐인
지, 그런 차원의 일이 아니다. 그보다 훨씬 고차원적으
로 멋진 일이다.

「레일라」의 주인공은 복잡한 사람이다. 언뜻 쿨
해 보일지도 모른다. 현재의 서울에서 적당히 젊은 여
성으로 살아가는 법을 알고 있다고 자부하고 있을지도
모르겠다. 실제로 알고 있는 듯 보인다. 주인공의 오빠

는 말도 안 되게 한심한 인간이지만 원래 그런 사람이
니까, 그래도 계속 관계를 가지고 가야 할 오빠니까 그
냥 못 본 척한다. 직장에서도 마찬가지다. 본부장이 헛
소리를 한다고 해서 내가 투사가 될 순 없다. 내가 나서
는 순간 아마 모두가 꼬리를 뺄 것이다. 뒤집어쓰고 회
사를 나가야 할지도 모른다. 그럼 손해 보는 건 나뿐. 세
상은 원래 그렇고 좋은 게 좋은 거니까, 적당히 무뎌진
채 적당히 흐린 눈을 하고 살아가야 현명한 도시인이
다. 철없는 신입은 결국 버티지 못하고 나가버렸다. 으
휴 어딜 가나 그럴 텐데. 주인공은 생각한다.

      그런 주인공이 보기에 레일라는 좀 이상한 사람
이다. 오빠랑 헤어졌으니 주인공보고 나가라고 할 수도
있을 텐데, 사실 그게 정상적인(!) 흐름일 텐데 그냥 머
무르라고 한다. 앞집 부부의 일에도 촉을 세운다. 참 마
음이 넓은 사람이다. 그리고 이런 사람을 우리는 오지
랖이 넓다고도 한다. 불편한 마음이 들기도 한다. 왜냐
하면 그러지 못하는 내 모습이 강조되니까. 그래서 주
인공은 레일라가 나눠주는 사랑을 냠냠 먹지만 다시 돌
려주지는 못한다.

어찌 보면 주인공은 소박하다. 바라는 것이 크게 없다. 열심히 일하고 있으니 약간의 승진을, 약간의 안정적인 주거 환경을, 그렇게 나쁘지는 않은 남자친구와 약간의 행복을 바라는 정도이다. 허망한 꿈을 꾸는 사람이 아니다. 요즘 누가 허망한 꿈을 꿀 수 있을까. 주인공은 약간의 보상을 얻으려고 마음의 많은 부분을 마비시키고 깎아낸다. 이러면 얻을 수 있겠지, 하고 살아보지만 현실은 그렇지가 않다. 승진을 하려면 임신한 여자 과장이 관둬야 한다. 정치질을 하고 버티면 하나 있는 자리가 나에게 돌아올 것만 같다. 그리고 결국 깨닫게 된다. 아니었구나. 주인공이 아메리카노의 얼음을 씹는 동안 박 본 그놈은 뜨끈한 곰국시를 후룩후룩 잘도 먹는다. 우리끼리 쥐어뜯는 동안 잘도 먹는다.

인터넷 게시판에 많이 도는 말이 있다. 남자는 술, 도박, 여자만 조심하면 된다고. 언젠가부터 여자들은 결정적인 결격사유가 없는 남자들을 올려치기 시작했다. 비난할 마음은 없다. 세상이 그러니까. 아주 복잡하고 정교하게, 그렇게 흘러가도록 디자인이 되어 있다. 시스템 바깥으로 나가는 것은 무서운 일이다. 누군가는 시스템을 뛰어넘을지 몰라도 모두가 그럴 수는 없다. 인생은 길고 외롭고 복잡하니까. 주인공은 줄곧 한 눈을 감고 진원의 좋은 점만을 보려 했지만 결국 한 눈을 떠버리게 된다. 대교 위에서 생각한다. 차악을 선택하는 데 실패한 걸지도 모르겠다고. 그렇다, 결국 바라는 것은 '차악' 정도였는데, 그마저도 힘든 것이다.

「남은 건 볼품없지만」에서 섞정이는 자하로 돌아가서 우연히 미니를 만난다. 미니는 스낵바라고 불리는 업소에서 일을 하는 예쁘고 어린 여자애다. 업소, 예쁜, 어린, 무서운 키워드는 죄다 모였다. 섞정이는 당연스레 미니를 싫어하는데 그 이유는 미니가 '어린 나이를 무기로, 잘난 몸매를 무기로 사람을 끌어당기는 예쁜 여자애'이기 때문이다. 섞정이가 본 대로 미니의 무기는 강력하다. 전 남친 찰스도 미니에게 흠뻑 빠진다. 그럼 미니는 권력자인가? 사회가 미니에게 준 권력은 진짜 권력일까? 미니는 섞정이에게 무언가를 빼앗아 가는 사람인가? 미니는 돌아온 섞정이에게 시트러스 맛이 살짝 나는 위스키 온더락을 만들어주며 이렇게 말한다. "잘 살아남아서 다시 자하에 왔구나, 다행이다 싶

었어요." 미니는 생존자다. 섞정이도 생존자다. 미니의
눈에 섞정이가 먼저 보였고, 섞정이는 어리고 예쁜 몸
뚱어리 너머의 미니를 뒤늦게 보았을 뿐.

갑자기 내 얘기를 조금 하자면, 나는 예전에 친
한 언니 집에 세를 들어 산 적이 있다. 정확히 말하면
결혼한 지 얼마 되지 않은 아는 언니, 그러니까 신혼부
부의 집의 웃방에서 산 적이 있다. 꽤 예전 일이라 잊고
살다가 「레일라」를 읽으며 떠올렸다. 그래, 이런 일이
나에게도 있었지. 난 그때 갈 곳이 없었다. M언니의 조
건은 레일라와 비슷했다. 집을 얻을 때까지, 방값은 매
달 얼마, 관리비 포함.

언니(와 형부)의 집은 깨끗하고 아늑했고 심지어
홍대의 한복판에 있었다. M언니는 어떻게 이렇게 이타
적일 수 있을까 생각했다. 언니는 항상 웃는 부드러운
그런 사람이 아니었다. 직설적이고 시니컬하고 자신의
욕망을 빠르게 얘기하는 사람. 딱 잘라 말하면 희생을
싫어하는 사람이었다. 그래서 그때의 호의가 조금은 낯
설기도 했다. 그 마음을 알기에 나는 어렸고, 내 인생을
살아내기 급급했다.

내가 모르는 M언니의 인생을 상상해본다. 언니가 서울에서 일을 잡고 버티고 정착하여 어떻게 집을 마련했는지 그런 것을 이제서야 상상해본다. 갈 곳이 없는 마음을 전혀 모르는 사람이 있는 반면, 사무치게 아는 사람이 있다. M언니가 그랬을 것이고 레일라도 아마 그랬을 것이다. 레일라는 아는 것이 많다. 브라운 치즈의 맛을 알뿐더러 앞집에서 무슨 일이 일어나는지, 어떻게 해야 하는지도 안다. 먼저 겪었기 때문에 아는 것이리라 짐작한다. 먼저 겪은 사람은 외롭다. 구구절절 설명할 수 없으니까. 그냥 손을 뻗을 뿐. 그냥 두고 볼 수가 없으니까.

섬정이는 302호의 문을 덜컥 열었다. 주인공은 대교 위에서 레일라의 손을 잡았다. (송원은…… 모르겠다. 잘 살겠지, 뭐.) 나는 가끔 이 세상에 탈출구가 없는 것처럼 느껴진다. 그런데 돌이켜보면 탈출구에서 손을 뻗어준 사람들이 있었다. 그것은 커피 한잔일 수도 있고, 잠깐의 카톡 대화일 수도 있고, M언니 집의 방 한 칸일 수도 있다. 그땐 몰랐지만 돌이켜보면 참 엄청난 일이었다. 모든 것들이.

트리플 3

남은 건 볼품없지만
ⓒ 배기정, 2021

초판 1쇄 인쇄일 2021년 3월 17일
초판 1쇄 발행일 2021년 4월 1일

지은이 · 배기정

펴낸이 · 정은영
편집 · 안태운 김정은 정사라
마케팅 · 이재욱 최금순 오세미
　　　　김하은 김경록 천옥현
제작 · 홍동근
펴낸곳 · (주)자음과모음
출판등록 · 2001년 11월 28일
　　　　제2001-000259호
주소 · 서울시 마포구 양화로6길 49
전화 · 편집부 02) 324-2347
　　　　경영지원부 02) 325-6047
팩스 · 편집부 02) 324-2348
　　　　경영지원부 02) 2648-1311
이메일 · munhak@jamobook.com

ISBN 978-89-544-4690-7 (04810)
　　　　978-89-544-4632-7 (세트)